Arena-Taschenbuch
Band 50098

Weitere Bände in dieser Reihe:
Finja und das blaue Licht (Band 50097)

Meike Haas,
geboren 1970, studierte Germanistik, Philosophie und Buchwissenschaft in Regensburg, Wien und München. Sie arbeitete für verschiedene Zeitungen, u.a. für die *Süddeutsche Zeitung* und die *Zeit*, sowie für den Bayrischen Rundfunk. Inzwischen hat sie schon mehrere Kinderbücher veröffentlicht. Sie lebt mit ihrer Familie in München.

Meike Haas

Finja und das kalte Feuer

Arena

In neuer Rechtschreibung

1. Auflage als Arena-Taschenbuch 2009

Initiale: Tanja Kischel
Umschlagillustration: Britta Gotha
Umschlagtypografie: knaus. büro für konzeptionelle
und visuelle identitäten, Würzburg
Gesamtherstellung: Westermann Druck Zwickau GmbH
ISSN 0518-4002
ISBN 978-3-401-50098-0

www.arena-verlag.de

Inhalt

1. Farmarall

Der erste Sonnenstrahl kroch über die dunklen, zerklüfteten Felsbrocken und weckte die Geröllwüste aus dem nächtlichen Grau. Hier blitzte ein Stein rötlich auf, dort schimmerte eine Goldader im Fels. Ein zweiter Strahl kam hinzu und lockte noch mehr Gefunkel hervor: In der steinigen Ebene lag Edelstein an Edelstein. Die Luft begann zu flirren und zu flimmern, unzählbar viele blau glitzernde Staubkörner tanzten darin, als wollten sie das Blinken auf dem Boden übertreffen. Ein See wie aus rotgoldenem Sirup leuchtete auf. An seinem Ufer lag ein riesenhaftes Ei, dessen Schale im Morgenlicht funkelte wie mit Juwelen besetzt.

Nichts war zu hören außer einem leisen, regelmäßigen Klopfen.

Die Sonne stieg, das Glitzern in der Luft nahm zu, der See wurde zum glänzenden Spiegel. Ein Knirschen hallte durch die Ebene. Jetzt war ein Riss im Ei zu sehen. Eine feine, gezackte Linie. Weiteres Klopfen, der Spalt wuchs und weißer Rauch quoll daraus hervor. Ein Fauchen erfüllte die Luft, der obere Teil der Eierschale hob sich und die dunklen, qualmenden, grün behaarten Nüstern eines Drachen kamen zum Vorschein. Er streckte sich, drängte aus der engen Schale und drehte seinen Kopf hin und her. Die Augen – grüne Bälle – spähten neugierig auf das funkelnde Land. Der junge Drache faltete die noch feuchten Flügel aus. Ledrig, rostrot, mit grünlichen Schuppen an der Unterseite. Der Rest der Eierschale barst. Die Scherben fielen auf den Boden, nur ein scharf gezacktes Bruchstück blieb am klebrigen Flügel haften. Der junge Drache merkte es nicht, er reckte seinen Hals und spie eine erste, heiße, orange züngelnde Flamme in den Morgenhimmel.

Nun antworteten ihm flüsternd die erwachsenen Drachen. Sie krochen aus ihren Höhlen hervor, spien eisblaues Feuer zur Begrüßung und umringten das neue Tier ihrer Herde. Ein Kranz aus Flammen entstand. Immer höher loderten sie, immer kräftiger stießen die mächtigen Tiere Flammensäulen in die Luft, bis schließlich brennende Wände über dem jungen Drachen zusammenschlugen.
Er stand in einem Dom aus blauem Feuer. Funken fielen zu beiden Seiten herab.

Die alten Drachen hielten inne und bestaunten ihr Werk. Schon fielen die Flammen in sich zusammen und anstelle der Feuerkuppel schwebte nun ein hellgrüner, hauchdünner Schleier in der Luft. Langsam senkte er sich auf den Hals des jungen Tieres, blieb an der obersten Zacke seines Rückens hängen und verschloss sich, wie von unsichtbarer Hand gebunden, unter seinem Hals.

Die drei größten Tiere aus der Gruppe lösten sich aus dem Kreis. Gigantische Drachen, die den Nachwuchs um drei Halslängen überragten. Einer schimmerte graugrün und um seine Nüstern zitterten dunkle Stoppeln. Von den verschrumpelten Ohren zogen sich tiefe Falten bis zum Maul.
Der nächste war bedeckt mit orange schillernden Schuppen. Scharfe Zacken leuchteten auf seinem Rücken. Er ließ die roten Augenbälle kreisen und fauchte leise: »Farmarall – das ist dein Name.« Der frisch Getaufte antwortete mit einer Rauchwolke, die er aus den Nüstern stieß.
Der dritte – blau mit schwefelgelben Krallen – kam hinzu und wisperte ihm zu: »Wild, gefährlich und von allen gefürchtet, das bist du!«

2. Unter Beobachtung

Es war kein besonders lautes Geräusch, das Finja aus dem Schlaf riss. Nur ein Seufzen. Finja blinzelte. Hatte sie geträumt? Wie viel Uhr war es? Sie tastete im Dunkeln nach ihrem Wecker. Die leuchtenden Zeiger standen auf Viertel vor zwölf.

Wieder hörte sie das Seufzen und dann die Stimme ihrer Mutter: »Ich weiß nicht, Werner, wir können doch nicht einfach so tun, als sei nichts gewesen.«

Mit einem Schlag war Finja hellwach. Sie wusste sofort, worüber ihre Eltern sprachen. Über sie, über ihren »Aussetzer« – wie sie es nannten. Finja setzte sich im Bett auf, schlug die Decke zurück und schlich zur Zimmertür. Fast wäre sie dabei über ihre Freundin Kati gestolpert, die auf der Gästematratze vor Finjas Bett lag. Aber sie fing sich im letzten Moment und stieß nur kräftig mit dem großen Zeh an die

Matratze. »Aua«, flüsterte sie verärgert. Da öffnete Kati die Augen. Finja war nicht sicher, ob sie wach war oder schlief. Doch dann stieß die Freundin ein seltsames Geräusch zwischen Schnarchen und Seufzen aus und drehte sich auf die andere Seite.

Finja setzte die Füße jetzt vorsichtiger, die dritte Diele von links betrat sie nicht, weil sie laut knarrte. An der Tür angekommen, presste sie das Ohr fest dagegen.

Jetzt sprach ihr Vater: »Dr. Hardt hat auch gemeint, dass es am besten sei, sie erst einmal zur Ruhe kommen zu lassen. So fehlt ihr ja nichts.«

So fehlt ihr ja nichts! Finja spürte, wie sich ihr Magen zu einem harten, wütenden Klumpen zusammenzog. Natürlich nicht. Was sollte ihr auch fehlen!

»Aber . . .«, wieder ein Seufzen, ». . . es ist so erschreckend, wenn das eigene Kind plötzlich den Bezug zur Wirklichkeit verliert!«

Pahh! Finja drehte sich um und lehnte sich mit dem Rücken an die Tür. Den Bezug zur Wirklichkeit! Dieses Thema kannte sie zur Genüge. Schon immer hatte es Lehrer gegeben, denen Finjas ausschweifende Fantasie verdächtig war. Aber früher hatten sich ihre Eltern dann immer hinter sie gestellt. Immer! Finja ballte die Fäuste. Sie hatten sich sogar gemeinsam über Herrn Umbrecht lustig gemacht, weil der mit bitterernster Miene Finjas Eltern gewarnt hatte: »Passen Sie bloß auf! Irgendwann wird Ihre Tochter nicht mehr zwischen Fantasie und Wirklichkeit unterscheiden können!«

Und jetzt dachten ihre Eltern selbst so.

»Sie ist sich so ...«, schluchzte ihre Mutter, »... sie ist sich so sicher, dass sie tatsächlich in dieser fantastischen Welt gewesen ist!«

Ja, genau!, hätte Finja am liebsten ins Wohnzimmer hinübergerufen. Natürlich war sie in Aramsi gewesen. In Aramsi, einer fantastischen Welt mit seltsamen Zauberwesen. Sie hatte die Wesen berührt, sie hatte mit ihnen gesprochen. Vor gut einer Woche war sie zurückgekehrt. Sie hatte sich darauf gefreut, ihren Eltern von ihrem Abenteuer zu erzählen. Und jetzt das!

»Ich kann es einfach nicht ertragen, wenn sie anfängt, von diesem Blaustaub und diesen Streichmönchen zu sprechen!«, hörte sie ihre Mutter sagen.

Nicht einmal richtig zugehört hatte sie! Es musste natürlich »Traumstaub« heißen und »Traumstreicher«. Warum konnte sie ihr nicht einfach glauben? Und vor allem: Warum kam sie nicht einfach mit? Es war so einfach! Es gab viele Tore, die nach Aramsi führten; eines lag ganz in der Nähe in der Seidenwebergasse. Man musste nur durch die unscheinbare Tür hinter den Mülltonnen treten und schon war man dort.

Aber ihre Mutter war ja nicht einmal mit bis zur Seidenwebergasse gekommen. Stattdessen hatte sie Finja zum Kinderarzt geschleppt. Dr. Hardt. Immerhin hatte der bestätigt, dass Finja vollkommen gesund war. Finja verschränkte die Arme vor der Brust und nickte grimmig. Dabei zog sie die dichten dunklen Augenbrauen so weit zusammen, dass sie fast einen Strich bildeten. Dann allerdings hatte Dr. Hardt irgendwelchen Blödsinn über beginnende Pubertät und Abgrenzungswünsche gefaselt.

Und ihr Vater war voll darauf hereingefallen.

»Wahrscheinlich ist es einfach das Alter ...«, hörte Finja ihn jetzt beruhigend sagen, »... sie ist dreizehn, kein kleines Kind mehr ...« Wenigstens da hatte er recht.

»Wir müssen einfach ruhig und freundlich mit ihr umgehen, ohne ihre Fantastereien zu beachten.«

Finja seufzte. Ihr war nach Schreien zumute. Es ist alles wahr! Es ist alles wahr! Und wenn ihr euch auf den Kopf stellt! Aber geschrien hatte sie in den vergangenen sieben Tagen schon genug. Das hatte absolut gar nichts gebracht.

Sie sah auf den Deckenberg vor ihrem Bett, der sich ganz leicht hob und senkte. Wenigstens Kati glaubte ihr. Sie war Finjas beste Freundin, schon seit der Grundschule. Sie war begeistert von allem, was Kati von Aramsi erzählte, und merkte sich jedes Detail. Niemals hätte Kati »Streichmönche« gesagt. Nein, Kati löcherte sie mit Fachfragen. »Die Traumstreicher sind aber kein eigenes Volk?«, hatte sie vorhin wissen wollen.

»Nein, nein«, hatte Finja geantwortet. »Sie kommen aus den unterschiedlichsten aramsischen Völkern.«
Und noch im Halbschlaf hatte Kati gemurmelt: »Sie sind aber nur unsichtbar, solange sie die Kapuze ihrer Kutte überstülpen, oder?«
Daran sollte sich ihre Mutter mal ein Beispiel nehmen! Am besten, dachte Finja jetzt zornig, gehe ich mit Mama und Papa auch *ruhig und freundlich* um. Ich *grenze mich* wirklich *ab*, wie Dr. Hardt es nennt, und erzähle gar nichts mehr. Nichts von der wundervollen Welt Aramsi und nichts von den Traumstreichern, die Aramsi und die Menschenwelt auf so fantastische Weise verbinden.
Sie hatte vergeblich versucht, ihren Eltern den wundersamen Mechanismus zu erklären. Die Traumstreicher kamen in die Menschenwelt hinüber, strichen den Menschen durchs Haar und machten es ihnen so möglich, nach Aramsi hinüberzuschauen. Das war großartig Aber wenn sich ihre Eltern nicht dafür interessierten . . . Dann waren sie eben selber schuld!
Finja schloss die Augen.
». . . wir unternehmen einfach wieder mehr zusammen. Dann hat sie nicht so oft Gelegenheit, sich in irgendwelche Träumereien zu flüchten . . .«
Sollte ihr Vater doch reden. Sie dachte an das blaue Licht, dass in Aramsi strahlte, an den glitzernden Traumstaub, den sich die Traumstreicher von den Händen klopften, wenn sie

aus der Menschenwelt nach Aramsi zurückkehrten ... Sie stellte sich die weite Ebene der Hauptstadt Zatran vor. Zwei Hügel erhoben sich daraus, wie die Bäuche zweier schlafender Wassermänner aus einem ruhigen See.

»... gleich morgen. Schließlich sind Ferien. Vielleicht eine Fahrradtour ...«

Langsam ließ sich Finja zu Boden rutschen. Ihr Kopf sank an den Türrahmen. Gedankenverloren zwirbelte sie sich eine ihrer dicken dunklen Haarsträhnen um den Finger. Sie sah die vielen seltsamen Häuser, die in Zatran nebeneinanderstanden: schwebende Zelte, schillernde Schneckenhäuser, kegelförmige Bauten, spitz wie Feenhüte. Finja erkannte alles so deutlich, als sei sie wirklich in Aramsi. Viel deutlicher als in einer Erinnerung, tausendmal klarer als in einem Traum.

»... ja, Werner, so machen wir es.«

Die Stimme ihrer Mutter hörte Finja wie aus weiter Ferne. Sie sah nach Aramsi hinüber, sah eine verschleierte Kutsche, die durch die Straßen der Hauptstadt schwebte, sah, wie sie vor einem gläsernen Palast hielt und die Türen sich von selbst öffneten.

Denn was ihre Eltern nicht wahrhaben wollten, fand tatsächlich statt. Eine Traumstreicherin hatte Finjas und Katis Zimmer betreten. Sie hatte sich neben Finja gekniet – unsichtbar, dank ihrer Kapuze – und strich ihr sanft durch die fast schwarzen Haare.

Am nächsten Morgen tat Finja alles weh. Sie war auf dem Parkettboden vor ihrer Tür eingeschlafen und erst in der Morgendämmerung wieder aufgewacht. Sie fror. Schnell huschte sie in ihr Bett und kuschelte sich unter die Decke. Ein träger Blick auf den Wecker verriet ihr die Zeit: halb fünf. Zum Glück. Es waren Ferien und sie konnte noch lange schlafen. Finja drehte sich zur Seite. Die prächtigen Bilder von Aramsi, die ihr noch durch den Kopf spukten, verschwanden nach und nach und sie fiel in einen tiefen Schlaf.

Als sie sechs traumlose Stunden später aufwachte, roch es nach Kaffee. Von Kati war nichts zu sehen, außer einer blonden Haarsträhne, die oben unter der Decke hervorlugte, und einem großen Zeh, der unten herausspitzte. Finja hörte schon wieder die Stimmen ihrer Eltern. Das war seltsam.

Ihr Vater, der halbtags als Bibliothekar arbeitete, sollte heute eigentlich in der Bücherei sein. Und ihre Mutter, die Schauspielerin war, ließ sich vormittags so gut wie nie in der oberen Familienwohnung sehen. Mama wohnte in ihrem eigenen Appartement einen Stock tiefer, wo sie nach Belieben Bücher herumliegen lassen, Anziehsachen in der Wohnung verteilen, benutztes Geschirr in der Küche stapeln – eben ihre typische Unordnung verbreiten konnte. Als Langschläferin und Morgenmuffel verbrachte sie ihre Vormittage dort – wenn sie nicht zur Probe im städtischen Theater war.

Finja stand auf. Da bewegte sich der Deckenberg. »Wie viel

Uhr?« Katis Kopf kam zum Vorschein. Ihre Haare waren fast heller als ihre Haut. Sie wischte sich die verstrubbelten Strähnen aus dem Gesicht und begann zu reden, bevor sie überhaupt die Augen geöffnet hatte. »Mmhhh! Das riecht hier aber schon gut nach Frühstück! Ich hab einen Riesenhunger. Du, ich habe Sachen im Traum erlebt! Meinst du, es ist möglich, dass ein Traumstreicher hier gewesen ist? Ich hab ein Haus gesehen, das stand auf dem Kopf . . .«

Finja lächelte. Konnte es sein, dass bei Kati der Mund zuerst aufwachte und die hervorsprudelnden Worte dann den Rest weckten? ». . . und drinnen wohnten so seltsame Wesen, bisschen wie Käfer. Ich glaube, sie hatten Angst . . .«

Finja zuckte die Schultern. Sie freute sich ja, dass Kati so begeistert war von Aramsi, aber im Moment war ihr diese Begeisterung ein bisschen viel. So direkt nach dem Aufwachen! Und mit Eltern im Nebenzimmer, die an besorgniserregender Besorgnis litten!

». . . Ich würde das ja alles zu gern mal sehen. Also dieses Haus, in meinem Traum, meine ich, das war . . .«

Finja hatte inzwischen die Tür geöffnet und streckte ihren Kopf ins Esszimmer. Tatsächlich, da saß Mama, mit einem leuchtend roten Handtuch um die frisch gewaschenen Locken am wunderbar gedeckten Frühstückstisch. Eier, Croissants, Kaffee, heiße Schokolade . . .

Finja schaute zur Sicherheit noch mal auf ihre Armbanduhr:

Doch, es stimmte, halb elf. Was sollte das alles? Gut, sie hatten früher auch manchmal an freien Tagen spät und ausführlich miteinander gefrühstückt. Das hatte Finja immer genossen. Aber heute? Heute war es ihr zuwider. Sie spürte viel zu genau, dass dieses ganze Brimborium ihrer angeblichen Verrücktheit galt.

»Guten Morgen, mein Schatz!« Mama ließ die Zeitung sinken. Finjas Vater stand von seinem Schreibtisch auf. »Na, dann wollen wir mal. Ist Kati auch schon wach?«

»Musst du nicht in die Bücherei?«

»Ich habe mir die ganze Woche freigenommen!« Er strahlte sie an.

»Und du hast noch nicht gefrühstückt?«

»Na ja, ein bisschen.« Finja sah, dass er flunkerte. Ihr Vater war Frühaufsteher. Natürlich hatte er schon längst gegessen und der Teller an seinem Platz war reine Show.

Sie schloss die Tür wieder und zog sich an.

»Ist das nicht genau der richtige Tag für einen Fahrradausflug auf die Ebenhauser Höhe?«, schmetterte ihre Mutter begeistert, als Kati und Finja zehn Minuten später am Tisch erschienen. Warum sagte niemand, dass es schon furchtbar spät war und sich die Ausflügler auf dem Picknickplatz bestimmt gegenseitig auf die Füße traten? Finja nahm sich ein Croissant und reichte den Korb an Kati weiter.

»Ja«, rief Finjas Vater so entzückt, als habe ihre Mutter gerade das Frühstücksei erfunden. »Und danach gehen wir am Ebenhauser Weiher zum Baden.«

Ihr Vater? Baden? An einem freien Tag saß er doch am liebsten irgendwo im Schatten und las.

Finja ließ ihr Croissant sinken. »Tut mir leid«, sagte sie, »ich kann nicht.«

»Wie?«

»Kati und ich wollen Ulrich besuchen!«

»Schon wieder!«, stöhnten die Eltern im Chor. »Finja, du hast Ulrich jeden Tag besucht, seit du . . . seit du . . . seit du wieder zurück bist!«, platzte die Mutter heraus.

»Jeden einzelnen Nachmittag hast du mit ihm verbracht. Du warst nicht im Schwimmbad, du warst nicht in deiner Theatergruppe, nein, du warst nur bei Ulrich. Meinst du nicht, dass es jetzt mal reicht?«

»Früher wolltest du immer, dass ich ihn besuche!«, stieß Finja hervor. Ihr Unbehagen hatte sich in kribbelnde Wut verwandelt. Sie fand es unerträglich, dass ihre Mutter so tat, als sei es etwas Anrüchiges, Ulrich zu besuchen. Dabei war er doch Mamas Bruder. Und er war krank, psychisch krank. Ihre Mutter hatte immer darauf geachtet, dass Finja ihn regelmäßig in dem Wohnheim besuchte, wo er untergebracht war. Sie hatte über jeden geschimpft, der nicht mit Respekt von ihm sprach. Und jetzt?

»Hast du Angst, dass er mich ansteckt?«, warf sie ihr bissig entgegen. Sie blitzte ihre Mutter aus schmalen Augenschlitzen an. »In Wirklichkeit hältst du ihn nämlich selbst für einen verrückten Trottel!«
Finjas Mutter sog scharf die Luft ein. Finja duckte sich unwillkürlich. Aber ihr Vater war schneller. Mit einem beruhigenden Seitenblick auf seine Frau sagte er gelassen: »Nein, es ist eine wirklich gute Idee, Ulrich zu besuchen. Ich denke, wir kommen einfach mit.«

Das war ein klares Eigentor gewesen. Ihre Eltern konnten Kati und Finja nun wirklich nicht gebrauchen, wenn sie Ulrich besuchten. Schließlich wollten sie sich mit ihm über Aramsi unterhalten. Finja war sich sicher, dass er es kannte. Sie vermutete sogar, dass seine Krankheit damit zusammenhing. Es gab da einen bösen Zauber, der den Geist der Menschen fesselte, die nach Aramsi blickten. Sie fanden dann nicht mehr in die Wirklichkeit zurück . . .
Als Ulrich vor einem Jahr wegen Wahnvorstellungen ins psychiatrische Krankenhaus eingeliefert worden war, hatte keiner der Ärzte klären können, woran er wirklich litt. Fest stand, dass er immer verloren in die Ferne blickte und niemanden mehr erkannte. Sonst fehlte ihm nichts. Er war recht schnell wieder entlassen worden und Finjas Mutter hatte ihm dann den Platz im Wohnheim besorgt. Seitdem lebte er

dort, ohne dass sich an seinem Zustand irgendetwas geändert hatte.
Bis vor zwei Wochen! Da hatte ihm Finja von der zauberhaften Schmetterlingsfigur auf Katis Haarspange erzählt. Ulrichs Augen waren plötzlich klar geworden, er hatte Finja erkannt und ihr aufgetragen, »Sirill, dem Schmetterlingskind« zu folgen. Sie konnte sich genau an seine Stimme erinnern. *Du musst Sirill folgen!*, hatte er sie angefleht. Und sie hatte eigentlich nur Ja gesagt, damit er sich wieder beruhigte. Aber dann war ihr das Schmetterlingskind tatsächlich begegnet – und hatte sie nach Aramsi geführt.
Jetzt wollte sie wissen, woher Ulrich diese fantastische Welt kannte. Aber mit ihren Eltern im Schlepptau konnte sie ihn natürlich nicht danach fragen . . .
Finja seufzte. »Ist was?«, fragte ihre Mutter betont beiläufig.
»Nein!«, schleuderte Finja scharf zurück.
»Bist du dir sicher, mein Schatz?« Mama rückte näher und legte ihr eine Hand auf die Schulter. »Weißt du, wo du bist?«
Finja zog eine Grimasse. So kann's nicht weitergehen, dachte sie.

3. Verschwörung

Du musst es ihnen beweisen!«

»Wie beweisen?«

»Du musst ihnen irgendetwas aus Aramsi unter die Nase halten, damit sie es kapieren! Irgendetwas von diesen tollen Dingen, dir du mir beschrieben hast. Eine fliegende Schlafmatte vielleicht oder eine von diesen bunten Spinnen oder einen Fingerling.«

Finja und Kati trotteten durch den Park, der Ulrichs Wohnheim umgab. Ein paar Meter vor ihnen spazierten Finjas Eltern mit Onkel Ulrich und redeten fürsorglich auf ihn ein.

»Was gab es zum Mittagessen?« – »Wie verstehst du dich mit dem neuen Zimmernachbarn?«

Als ob Ulrich den Nachbarn überhaupt wahrgenommen hätte!

Das einzig Gute an dem gemeinsamen Besuch war, dass sich

die ganze besorgte Aufmerksamkeit jetzt über Ulrich ergoss und Finja sich ungestört mit Kati unterhalten konnte.

»Wenn du etwas mitbringst, werden sie ja schlecht behaupten können, dass es das nicht gibt!« Bei jedem zweiten Wort riss Kati die Augen weit auf. Das tat sie immer, wenn sie aufgeregt war. Katis Augen sind wie blinkende Sterne, dachte Finja und war froh, dass sie ihre Freundin hatte.

»Am besten wäre eines dieser gruseligen Wesen aus der unterirdischen Burg. Die könnten deine Eltern erschrecken, das wäre bestimmt lehrreich!« Kati grinste.

Finja hingegen fröstelte. Die Erinnerung an die unterirdische Burg war alles andere als lustig! Sie schaute Kati ein wenig zweifelnd an. Sie war ja froh, jemanden zu haben, der ihr glaubte, aber irgendwie schien Kati nicht zu begreifen, was das eigentlich alles bedeutete. Wie gefährlich und erschreckend alles gewesen war! Kati hatte sich gebannt die ganze Geschichte angehört: wie Finja im roten Gebirge angekommen war, wie sie der einsame Wanderer in die Hauptstadt gebracht hatte, wie sie sich dort gemeinsam mit Dak, dem Jungen mit dem Schopf aus blauen Federn, auf die Suche nach der schwarzen Spinne gemacht hatte. Wie sie das Tier der Dunkelfürstin Itzika entrissen hatte, bevor die böse Herrscherin aus dem Spinnenfaden das gefährliche schwarze Gewand weben konnte. Kati wusste und glaubte alles – und trotzdem hätte Finja sie jetzt am liebsten an beiden Schultern gepackt, gerüttelt und gesagt: »Du, das ist alles wirklich passiert! Und so einem Geist möchte ich im Leben nicht noch einmal begegnen!«

Sie ließ es bleiben. Schließlich wollte sie es mit Kati nicht auch noch verderben. Sie setzte ein Lächeln auf und sagte nachdenklich: »Ich habe ja noch das blaue Hemd . . .«

Das blaue Hemd hatte sie von ihrem Besuch in Aramsi mitgebracht. Wer dieses Hemd trug, konnte Lügen erkennen.

»Ja, genau, das ist doch eine Spitzen-Idee!«, rief Kati begeistert. »Deine Mutter soll es anziehen. Das wirkt doppelt! Dann merkt sie erstens, dass das Hemd über Zauberkräfte verfügt, und zweitens, dass du nicht lügst!«

Aber Finjas Lächeln hatte sich schon wieder aus ihrem Gesicht verloren. Sie brummte verdrossen: »Und wie soll ich meine Mutter dazu bringen, ein zerrissenes, völlig altmodisches Hemd anzuziehen? Ganz abgesehen davon, dass es ihr viel zu klein ist?«

Dazu fiel auch Kati nichts ein. »O. k.«, sagte sie. »Dann halten wir eben fest: Es muss irgendetwas Außergewöhnlicheres als ein Hemd sein. Irgendetwas, bei dem auf den ersten Blick klar ist: Hier handelt es sich um einen fantastischen Zaubergegenstand.«

Finja nickte wenig überzeugt. Theoretisch war das eine gute Idee – aber wie sollte sie diesen Vorschlag in die Praxis umsetzen?

»Sie lassen mich ja nicht aus den Augen!«, sagte sie und bedachte die Dreiergruppe vor ihnen mit einem vielsagenden Blick.
»Ach, du wirst doch wohl mal zehn unbeobachtete Minuten haben, in denen du bis zur Seidenwebergasse kommst!«
Finja war sich da nicht so sicher.
»Oder du sagst einfach, du gehst zu mir!«
Das klang schon besser.
»Oder –«, Katis Stimme überschlug sich vor Eifer, »ja, genau, das ist am allerbesten!« Sie griff nach Finjas Händen und schaute ihr begeistert in die Augen. »Du sagst deinen Eltern, du übernachtest bei mir! Und ich sage meinen Eltern, dass ich bei dir schlafe. Dann gehen wir gemeinsam nach Aramsi und du zeigst mir alles! Wir besuchen Dak und wir reiten auf einem Feuerpferd!«

Ja. So war es ein richtig guter Plan! Finja drückte fest die Hände ihrer Freundin. Ihre Eltern würden nichts dagegen haben, wenn sie bei Kati übernachtete. Sie wären unbeobachtet. In Aramsi verging die Zeit anders als in der Menschenwelt. Zwei Menschentage entsprachen ungefähr einer Woche in Aramsi. Sie hätten also unendlich viel Zeit, nach Aramsi zu gehen und dort irgendetwas Außergewöhnliches mitzunehmen, das ihre Eltern überzeugen würde.
»Das machen wir!«, sagte Finja.

Kati überfiel gleich das Reisefieber. »Was müssen wir mitnehmen? Proviant, feste Schuhe, Regenzeug? Ich könnte den Campingkocher von meinem Bruder aus dem Keller holen und die Taschenlampe.« Ihre Augen blitzten. »Ich glaube nicht, dass er was merkt. Mit dem Taschenmesser ist es problematischer, das hütet er wie seinen Augapfel. Vielleicht wenn er schläft . . .«

Finja wurde es ein wenig unbehaglich. »Wir wollen doch nicht wieder ein Abenteuer bestehen. Wir wollen doch nur Mormi und Dak besuchen! Ganz gemütlich, da brauchen wir das alles gar nicht!«

»Ach, sei doch nicht so langweilig. Ein bisschen Aufregung muss schon sein!«

Finja zog ihre Augenbrauen ärgerlich zusammen. Wusste Kati eigentlich, wovon sie redete?

»Florians Survival-Handbuch nehmen wir auch mit! Da steht drin, wie man wochenlang fern der Zivilisation nur von Kräutern und Wurzeln leben kann!«

»Und du glaubst, mit so einem Handbuch aramsische Kräuter bestimmen zu können? Nee, das ist unmöglich.« Finja sprach lauter als beabsichtigt. »Wir benutzen den Übergang in der Seidenwebergasse, kommen in Zatran der Hauptstadt an und da bleiben wir auch.«

Oh nein! Sie hatte vor Aufregung so laut gesprochen, dass sich ihre Mutter zu ihnen umdrehte. Hatte sie den ganzen

Plan mitbekommen? Finja lächelte nervös. Aber Mama hatte offenbar nichts verstanden.

»Was gibt's bei euch so Wichtiges?«

Kati und Finja antworteten in schönstem Einklang: »Nichts!!!«

Danach wurde nur noch getuschelt. Sie beschlossen, Regenzeug mitzunehmen und etwas Warmes zum Anziehen. Schließlich war überhaupt nicht vorauszusehen, was für eine Jahreszeit gerade in Aramsi herrschte, und beim letzten Mal hatte Finja zwischendurch ganz schön gefroren. Zu Essen würden sie nichts brauchen. Finja stellte sich die leckeren Früchte vor, die sie bei Mormi gegessen hatte, und das wundervolle Frühstück, das Daks Tante Kata ihnen gemacht hatte. Als Finja an Dak, den blau gefiederten Jungen, dachte, begann es, in ihrem Bauch zu kribbeln. Sie freute sich sehr darauf, ihn wiederzusehen! Sie würden einander unendlich viel zu erzählen haben. Dieses Mal würde Finja ihm auch ausführlich von der Menschenwelt berichten. Am besten bringe ich ihm etwas mit, dachte sie. Die zwei Tafeln Schokolade fielen ihr ein, die noch in der Nachttischschublade lagen. Mal sehen, wie Schokolade einem Aramser schmeckte! Finja strahlte. »Wann sollen wir aufbrechen?«

»Am besten gleich morgen.«

Sie klatschten sich gegenseitig in die Hände. Morgen!, dachte Finja glücklich. Morgen würde sie alle wiedersehen.

4. Spur der Verwüstung

Dak sah das Untier zuerst. Er hatte nur geblinzelt, aber sofort gemerkt, dass etwas nicht stimmte. Seit fünf Tagen war er nun mit seinem Vater in den Schwankenden Höhen unterwegs, jener blauschwarzen Landschaft südwestlich von Zatran, die aussah wie Wellen im Sturm. Dabei waren es die Hügel selbst, die hin und her wogten, und die weißen Blüten, die die nachtblauen Gräser nur am Kamm eines Hügels hervorbrachten, erinnerten an schäumende Gischt.

Die Graupelziegen liebten dieses Gras und Daks Vater verbrachte fast den ganzen Sommer mit der Herde im Freien. In diesem Jahr durfte Dak ihn zum ersten Mal begleiten. Er hatte sich schnell an das Schwanken der Erde gewöhnt, es erinnerte ihn an das Schwanken des Baumhauses zu Hause.

Er mochte das Leben mit den Ziegen, die er alle mit Namen

kannte. Er liebte die Nächte unter dem großen, aramsischen Sternenhimmel und er liebte es, abends mit seinem Vater am Feuer zu sitzen. Der Vater, sonst eher wortkarg und verschlossen, erzählte dann alte Geschichten aus dem Stamm der Wahrheiter, dem sie angehörten. Den Wahrheitern wuchsen anstelle von Haaren blaue Federn und sie trugen ein blaues Zauberhemd, das es ihnen ermöglichte, Lügen zu erkennen. Auch Dak hatte Federn auf dem Kopf, aber er trug kein blaues Hemd mehr. Er hatte es vor mehreren Monaten einem Menschenmädchen übergestreift, um es aus den Fängen der lügenden Dunkelfürstin Itzika zu befreien.
Von diesem Abenteuer erzählte Dak manchmal im Schein des Feuers. Sein Vater hörte dann ernst und schweigend zu. Einmal hatte Dak die große Hand seines Vaters auf seiner Schulter gespürt: »Ich bin stolz auf dich«, hatte er gesagt. Sein Vater! Der so wenig sprach! Und noch weniger lobte.
Dak liebte es, neben seinem Vater in dem Schlafsack aus Ziegenhaar zu schlafen. Er liebte es, von der aufgehenden Sonne geweckt zu werden. Dann rieb er sich die Augen und blickte hinüber zur Herde, die in der Morgendämmerung aussah wie ein blökendes, dampfendes Knäuel.

Jetzt aber herrschte dort wildes Ringen. Ein riesiges Wesen tobte auf der Wiese. Feuersäulen loderten empor. Dak hörte das Gebrüll der Ziegen.

»Vater!« Dak rüttelte erschrocken an dem Schlafsack neben sich. Sein Vater war schon längst wach und starrte auf das Gemetzel. Daks Stimme riss ihn aus dem schrecklichen Bann. Er sah seinen Sohn an, richtete sich auf, packte Dak an den Schultern und zog ihn geduckt ein paar Schritte von der Lagerstelle weg ins mannshohe Gras.

»Leg dich flach auf den Boden!«, befahl er. Dak gehorchte. Sein Vater warf sich neben ihn. Regungslos verharrten sie dort. Dak wagte nicht einmal, seine Augen zu bewegen. Er starrte auf die drei immer gleichen Grashalme, während das Gebrüll der Ziegen schwächer wurde. Dak hörte das Fauchen des seltsamen Ungetüms und das Prasseln der Feuertürme, die immer öfter aufloderten. Dak spürte dann die Hitzewelle und sah, wie die drei Grashalme in seinem Blickfeld in glutrotes Licht getaucht wurden.

Irgendwann war keine Ziege mehr zu hören. Dak drehte den Kopf. Zuerst sah er die aufgehende Sonne, wie eine Scheibe, rot und rund. Dahinter flirrte der blau glitzernde Himmel von Aramsi. Doch dann schob sich eine schwarze Silhouette davor.

Es dauerte nur wenige Sekunden und sie verdeckte die Sonne ganz. Das Tal lag im Schatten. In der Luft rauschte es und heftige Böen fegten über das Tal. Es waren die Schwingen des davonjagendenden Untiers, die den schneidenden Wind übers Land trieben.

Sofort rannte Dak los. Dort, wo einmal die Herde geschlafen hatte, war jetzt nichts. Nicht einmal Gras. Nur zertrampelte Erde und viele rötliche Lachen.

Seine blauen Federn plusterten sich auf vor Entsetzen. Er sah zerfurchte Erde, vereinzelte Flocken Ziegenhaar und rote Pfützen. Sie dampften, denn es war frisches Ziegenblut. Dak schauderte. Er sah wie gebannt in die Pfütze direkt vor seinen Zehen. Wenn eine Graupelziege so viel Blut verloren hatte, dachte er, dann war sie tot. Tot. Tot.

Dann schaffte er es, seinen Blick zur nächsten Pfütze wandern zu lassen. Sie war genauso groß! Jetzt schluchzte er auf. Es waren so viele Pfützen!

Dak schluckte, sein Hals wurde eng, er wollte wieder nach seinem Vater rufen, doch die Stimme versagte.

Da hörte er es. Ganz leise: ein einsames Lämmerblöken. Seine Augen suchten die zertrampelte Wiese ab. Ganz hinten, im Schatten des nächsten Wellenhügels sah er etwas Helles. Er rannte hinüber. Es war eine Platte. Eine seltsam gebogene Platte mit gezacktem Rand, die jetzt, wo die Sonnenstrahlen sich auch in diese schattige Kuhle vorarbeiteten, zu glitzern und zu funkeln begann. Was konnte das sein?

Wieder hörte er das Blöken. Es drang unter dieser Scheibe hervor. Dak sprang über eine Blutlache und betastete dann die seltsame Platte. Sie war hart. Hart und schwer. Er hob sie an, was ihm nur mit Mühe gelang. Er stemmte sie über seinen

Kopf und spähte in den Hohlraum darunter. Hier kauerte zitternd ein kleines Graupellamm.

»Malmize!«

Es war das Lämmchen, das erst vor zwei Tagen geboren worden war. Dak selbst hatte ihm das Halsband mit dem Glöckchen umgelegt. Er hatte es an seinem Daumen saugen lassen und die goldenen Sprenkel auf der weichen rosa Haut zwischen den Nüstern bewundert. Er hatte den Namen ausgesucht.

»Malmize!«, rief er wieder und wollte es in die Arme nehmen. Aber dann hätte er die Platte loslassen müssen und Malmize wäre wieder darunter eingezwängt gewesen.

Er dachte daran, wie sich Malmize, nur kurz nachdem er sie trockengerieben hatte, auf ihre dünnen, zittrigen Beinchen gestellt und im blauen Gras die ersten Schritte versucht hatte. Schon bald war sie die Wellenhügel emporgesprungen, denn Graupelziegen konnten sehr gut klettern. Sie kamen ursprünglich aus dem Gebirge der Steinernen Speere und konnten die steilsten Hänge bezwingen. Dak spürte, wie sich die Tränen in seinen Augen zu sammeln begannen. Er wollte nicht weinen. Aber jetzt hatte er das Bild vor Augen, wie Malmize nach ihrem ersten kleinen Sturz schutzsuchend zu ihrer Mutter Munia gesprungen war und sich dort ins graue Lockenfell gekuschelt hatte. Munia, dachte Dak, wo bist du?

Er versuchte, mit einem Arm die Platte zu halten und mit

dem anderen nach Malmize zu greifen. Da nahm ihm eine starke Hand die Last ab. Sein Vater stand hinter ihm.
Dak kroch zu der kleinen Ziege. Er schloss das zitternde Bündel in seine Arme. Er streichelte sie beruhigend und robbte dann langsam wieder unter der Platte hervor. Als er sich aufrappelte, hörte er das entsetzte Flüstern seines Vaters: »Ein Drachenei. Das ist die Schale eines Dracheneis.«

Natürlich. Ein Drache. Das riesenhafte Tier, dessen gespannte Flügel das ganze Tal verschattet hatten, war ein Drache gewesen! Dak wusste, was das bedeutete. Er kannte die Geschichten von frisch geschlüpften, ungezähmten Drachen. Sie waren hungrig und wild und unbezwingbar stark. Sie verschlangen, was sich ihnen an Lebewesen darbot. Sie liebten es, mit ihrem Feueratem zu zündeln, und brannten aus Spaß ganze Ortschaften nieder. Sie hoben ihre starken Pranken, ließen sie tollpatschig niedersausen und zermalmten dabei Häuser und Höfe.
Und heute Nacht hatte ein junger Drache ihre Herde Graupelziegen vertilgt. Es war entsetzlich. Trotzdem spürte Dak, wie eine Welle der Dankbarkeit durch ihn hindurchlief. Was für ein Glück er und sein Vater gehabt hatten! Wie gut, dass ihn sein Vater rechtzeitig ins hohe Gras bugsiert hatte. Es hatte sie verborgen. Der Drache hatte sie nicht entdeckt. Und Malmize auch nicht.

Dak drückte das warme Bündel an sich. Er spürte die weiche graue Wolle an seiner Wange. Das tröstete ihn ein wenig, während ihm all die Schauergeschichten in den Sinn kamen, die über Drachen erzählt wurden.
Natürlich hatte Dak gewusst, dass es nicht nur Geschichten waren. Dass es Drachen wirklich gab. Sie lebten in Proklata, der Funkelwüste. Aber mittlerweile waren sie alle gezähmt. Sie lebten friedlich zwischen ihren schimmernden Gesteinsbrocken und ernährten sich von Proklawurzeln. Niemand musste Angst vor ihnen haben. Nur wenn ein neuer Drache schlüpfte, wurde es gefährlich …
Aber das kam schließlich nur alle hundert Jahre einmal vor. Dak erinnerte sich an die Worte seiner Tante Kata: »Immer, wenn die Aramser gerade vergessen haben, wie schrecklich der letzte Drache gewütet hat, immer dann schlüpft ein neuer …«
Dak bekam ein schlechtes Gewissen. Lag es am Vergessen? Er hatte tatsächlich schon lange nicht mehr an junge Drachen gedacht. »Ist es, weil wir uns nicht mehr vor ihnen gefürchtet haben?«, fragte er seinen Vater.
»Ich weiß es nicht, Dak. Vielleicht.«
»Und nun?«
Sein Vater zuckte hilflos die Achseln. »Du kennst die Geschichten, Dak, mehr weiß ich auch nicht.«
In den Geschichten hieß es, dass jeder Drache auf seine eige-

ne Art gezähmt werden musste. Dass jedem Drachen, sobald er aus dem Ei schlüpfte, geweissagt wurde, auf welche Weise seine todbringende Kraft gebändigt werden konnte.
»Aber woher sollen wir wissen, wie man ihn zähmt?«
Sein Vater legte ihm die Hand auf die Schultern.
»Wir wissen das nicht, Dak. Wir können es gar nicht wissen. Diese Aufgabe ist zu groß für uns.«
»Ja, aber . . .«
»Wir müssen jetzt so schnell wie möglich zurück nach Zatran und Mormi warnen.«

Dak trug Malmize zum Lager und packte schnell seinen Rucksack. Viel hatte er nicht dabei. Eine Matte, den Schlafsack, warme Socken und noch ein paar Kleidungsstücke. Sein Vater schulterte den ganzen Rest. Den Topf, in dem sie abends gekocht hatten, die Vorräte, die ihnen die Mutter mitgegeben hatte, die Feuersteine.
Die Sonne stand noch immer tief, als sie bereit zum Aufbruch waren. Dak nahm Malmize in die Arme. Er spürte den zweifelnden Blick des Vaters. Dak ahnte, was er dachte: dass Malmize zu schwer war, dass es zu viel Zeit kosten würde, sie mitzunehmen. Bestimmt würde er ihm gleich verbieten, sie nach Hause zu tragen. Was sollte er dann tun?
Er würde den Vater vorauseilen lassen und alleine mit Malmize nach Zatran wandern, beschloss Dak und hob seinen

Blick. Er hatte keine Angst. Er würde das kleine Lamm nicht alleine lassen!
Er sah dem Vater in die Augen, bereit, seinen Plan zu verteidigen. Doch der Vater sagte nur: »Gib mir deinen Rucksack. Sonst hast du nicht genug Kraft für Malmize.«

5. Mormis Plan

Mit schnellen Schritten marschierten Dak und sein Vater durch die schwankenden Höhen und gelangten doch erst am Abend an den Rand des Höhenzuges. Vor ihnen lag eine weite Ebene, durchzogen von einem breiten Fluss. In seiner größten Schleife lag eine Stadt. Aus dem Häusermeer ragten zwei Hügel hervor wie die Bäuche zweier schlafender Wassermänner. Auf dem einen Hügel stand ein riesengroßer Webstuhl, auf dem anderen ein schneeweißes Gebäude mit hundert Türmen.

Zatran. Die Hauptstadt Aramsis umflossen von der mächtigen Golvina. Trotz aller Eile blieb Dak kurz stehen und auch sein Vater hielt inne. Nirgends strahlte der aramsische Himmel schöner, nirgends war die Luft so angefüllt mit flirrendem Traumstaub. Denn dort, auf den makellos weißen Türmen des Klosters klopften die Traumstreicher ihre Hände ab, nachdem sie träumenden Menschen durchs Haar gestrichen hatten. So gelangte der blau glitzernde Traumstaub in die aramsische Luft, der Traumstaub, den alle zauberhaften Wesen Aramsis zum Atmen und Leben brauchten.

Dak erschauerte. Auch er wollte einmal ein Traumstreicher werden, da war er sich ganz sicher. Auch er wollte zwischen den Welten pendeln, den Menschen unsagbar schöne Träume bringen und die eigene Welt im Glanz des Traumstaubs erstrahlen lassen. Nur die Besten aus jedem Volk wurden in den Orden der Traumstreicher aufgenommen. Dak schloss die Augen. Sollte er es schaffen, dann würde er eine Traumstreicherkutte erhalten und der Verlust seines Zauberhemdes wäre wiedergutgemacht. Er stellte sich vor, wie er im Kuppelsaal des Klosters niederknien und ihm die Kutte überreicht würde. Er stellte sich vor, wie er das Traumstreichergelübde ablegen und schwören würde, nie mehr ein anderes Zaubergewand zu tragen.

Sein Vater riss ihn aus seinen Träumen. »Komm«, sagte er und marschierte los, ohne zu warten. Dak stolperte ihm hinterher, den blauen Hang hinab, hinein in die weite Ebene. Das Ziel vor Augen, gingen, sie beide noch schneller. Die Sonne versank. Auf dem kleineren der beiden Hügel von Zatran erschien nun eine ganz in silberne Gewänder gehüllte Frau. Mormi, die Großweberin, setzte sich weithin sichtbar

an ihren Webstuhl. Im Licht der Sterne griff sie nach dem Schiffchen und begann zu weben.
Dak spürte, wie der Anblick ihm Kraft gab. Gerade eben noch hatten seine Arme unter Malmizes Gewicht geschmerzt. Jetzt drückte er sie an sich. Den leisen Hunger vergaß er ganz und er beschloss, nicht über den Durst zu klagen. Sein Vater machte keine Pause und Dak selbst bat nicht darum. Wenn sein Vater es für richtig hielt, so schnell und ohne Rast zu marschieren, dann hatte das seinen Grund.
Im Morgenlicht erreichten sie die ersten Häuser. Zatran war eine merkwürdige Stadt. Kein Haus hatte auch nur die mindeste Ähnlichkeit mit dem anderen. Das lag daran, dass aus jedem aramsischen Volk genau eine Familie hier lebte. Jede dieser Familien hatte sich ein Haus gebaut, wie es bei ihr zu Hause üblich war. Die runde Erdhöhle gehörte Weißbartgnomen, die aus dem Flautenland im Westen kamen. In dem rot gezwirbelten Turm daneben lebten Feuerteufel und ganz unten am Flussufer baumelte ein geflochtenes Baumhaus in einer Weide. Solche Baumhäuser gab es sonst nur in Tarf, dem Tal der Wahrheiter.
Daks Vater schritt, ohne zu zögern, an seinem eigenen Haus vorbei. Er eilte die Straße hinauf, dorthin wo sich der Hügel mit dem Webstuhl erhob. Ein Zaun mit Gittertor sperrte das Gelände rund um den Webstuhl ab. Auf dem Hügel dahinter lagen Stallungen, Käfige und flache Wirtschaftsgebäude.

Daks Vater rüttelte am Tor. »Zu Mormi, schnell! Zur Großweberin!«, rief er einem gelbhaarigen buckligen Mann zu, der hinter dem Tor den Kiesweg harkte. Es war ein Knauerkauz. Er sah nicht einmal von seiner Arbeit auf, als er gelangweilt hervorstieß: »Wer seid ihr?«

»Ich bin Fark. Fark vom Stamm der Wahrheiter und dies ist mein Sohn Dak.«

Als Daks Name fiel, hob der Knauerkauz seinen Blick. In seinen schmalen Augen, die fast ganz unter faltigen Lidern verborgen waren, blitzte es kurz auf.

»Wir kommen, die Großweberin zu warnen«, fuhr Daks Vater fort. Seine Stimme verlor an Festigkeit, Entsetzen schwang mit, als er den Satz vervollständigte: »Denn wir haben die Schale eines Dracheneis gefunden.«

Der Knauerkauz ließ die Harke fallen, er stürmte auf das Tor zu, öffnete es und rannte sofort wieder los, um Mormi zu holen.

Dak spürte, wie sein Vater kurz zögerte, bevor er durch das geöffnete Tor schritt. Es musste auch für ihn etwas Besonderes sein, Mormis Zauberweberei zu betreten. Hier wurden die magischen Gewänder gewebt, die allen Wesen Aramsis besondere Fähigkeiten verliehen. Die blauen Hemden der Wahrheiter, mit denen man Lügen erkennen konnte, wurden hier hergestellt, genau so wie die hauchdünnen grünen Halstücher der Drachen, die sie zu den stärksten Wesen Aramsis machten. Dak musste wieder an die Blutlachen denken, an das leere Stück Weide, auf der einmal die ganze Herde der blökenden Graupelziegen geschlafen hatte. Er schluchzte auf.

Jetzt spürte Dak die Erschöpfung von dem langen, schnellen Marsch und den Hunger. Er biss sich auf die Lippen und verbarg schnell sein Gesicht in Malmizes Fell.

Er hob es erst wieder, als er Mormis Stimme hörte.

»Ein Drache ist geschlüpft?«

Die Großweberin stand vor ihnen. Dak sah kurz zu seinem Vater und merkte, wie überrascht er über Mormis Taggestalt war: Die Frau, die nachts einer Riesin gleich auf dem Hügel thronte, war tagsüber klein und vollständig grau. Ihre Kleider, ihre Haut, ihre Haare, ja sogar die von tausenderlei Falten umrahmten Augen waren grau. Mormi musste zu Daks Vater aufsehen. Doch lag in ihren Augen eine solche Kraft, dass es ganz selbstverständlich wirkte, als sich der große, hagere Mann vor ihr verneigte.

Als er sich wieder erhob, nickte er: »Ja, so ist es. Ein junger Drache bedroht das Land.«

»Seid ihr sicher?«

»Ich habe die Schale gesehen«, antwortete Daks Vater. »Ich hätte sie mitgebracht, aber sie war sehr schwer und wir mussten uns beeilen.« Er beschrieb die seltsame Platte ganz genau und in Mormis Gesicht vertieften sich die Falten.

»Was hat er angerichtet?«

»All unsere Graupelziegen ...«, stieß Dak hervor. »Er hat all unsere Graupelziegen gerissen.« Dak versuchte, nicht auf den Kloß zu achten, der in seinem Hals saß. Doch als er weitersprach, musste er immer wieder schluchzen. »Am Morgen war nichts mehr zu sehen als zertrampeltes Gras, dampfende Blutlachen und vereinzelte Flocken Ziegenhaar. Er hat sie verspeist mit Haut und Haar und Knochen. Er hat nichts übrig gelassen.«

Mormi nickte gequält. »Dann gibt es keinen Zweifel.«

»Was sollen wir tun?«

»Wir müssen herausfinden, wie er zu zähmen ist.«

»Aber wie?«, schleuderte Dak der Großweberin verzweifelt entgegen.

»Es gibt einen Weg. Er ist gefährlich. Aber ich werde ihn gehen.«

»Welchen denn?«

»Ich werde nach dem Bild seiner Geburt suchen. Dann weiß ich, was ihm geweissagt wurde.«

»Nach dem Bild seiner Geburt?«

»Ja, Dak. Im Keller des Traumstreicherklosters liegen alle Bilder, die der Weltenteppich je zeigte. Stapelweise alte Teppiche lagern dort und auf ihnen ist alles eingefangen, was je in Aramsi passierte. Womöglich wird es lange dauern und ungefährlich ist die Suche auch nicht. Aber ich weiß keine andere Möglichkeit.«

Dak kannte den Weltenteppich, der im großen Kuppelsaal des Traumstreicherklosters lag. Er sah aus wie eine gewebte Landkarte. Doch diese Karte zeigte dem Betrachter nicht nur Orte und Flüsse, sondern auch das, was sich im Moment an diesem Ort zutrug. Aber dass auch die Bilder der Vergangenheit aufbewahrt wurden, das hatte er nicht gewusst.
Er sah hinüber zu dem größeren der beiden Hügel Zatrans. Ihm fiel ein, dass seine Mutter einmal erzählt hatte, dass der Keller des Traumstreicherklosters den ganzen Hügel ausfüllte, auf dem das Gebäude stand. Jetzt wusste er, warum.
»Was ist so gefährlich daran?«
»Die Bilder der Vergangenheit haben einen Sog«, murmelte Mormi. »Es kann passieren, dass ich in den Erinnerungen versinke.« Sie sah auf und ihre grauen Augen trafen erst Daks besorgten Blick und dann den seines Vaters.
»Dann komme ich mit!«, rief Dak. »Ich rüttle euch wach, wenn ihr die Bilder der Vergangenheit zu lange betrachtet.«
Mormi lächelte schwach. »Du meinst, für dich wären die Bilder der alten Teppiche ungefährlich? Nein, Dak, wenn wir zu zweit gingen, hieße das nur, dass sich noch einer mehr in Gefahr begibt.« Sie legte ihm die Hand auf die Schulter. »Aus diesem Grund würde dich Laisia, die Pförtnerin des Klosters, auch gar nicht erst einlassen! Es ist ganz und gar unmöglich.«
»Aber . . .«, begann er. Sollte er denn nichts tun als warten?
»Außerdem hast du hier viel wichtigere Aufgaben zu erfül-

len. Du musst auf einem Feuerpferd durch die Stadt reiten und alle Bewohner warnen. Dann hilfst du deinen Eltern, damit sie sich verstecken können.« Sie blickte kurz zu Daks Vater. »Sie brauchen dich!«

Dak nickte. Es stimmte. Wenn sie sich verbergen wollten, würde er seinen Eltern helfen müssen, denn seine Mutter hatte ein steifes Bein und konnte nicht alleine aus dem Baumhaus klettern. Es gab genug zu tun.

Und doch: Das waren alles nur Nebensächlichkeiten. Was würde geschehen, wenn Mormi nicht wiederkam?

»Habt keine Angst, ich passe auf.«

»Und wenn ihr zu lange braucht?«

Mormi wandte die geöffneten Handflächen zum glitzernden Himmel. »Ich kann nicht mehr tun, als mich beeilen.«

6. Die verbarrikadierte Stadt

Kaum war Finja in die Seidenwebergasse eingebogen, entdeckte sie die schmale blonde Gestalt, die unschlüssig vor der Goldschmiede auf und ab ging. Es war Kati. Sie schaute ins Schaufenster, äugte dann in die Seitengasse, lugte um das geduckte Fachwerkhaus herum. Offenbar suchte sie nach der Tür. Finja grinste. Kati hatte in genau die richtige Richtung geschaut, aber die Tür nicht bemerkt – so unscheinbar war sie. Sie wurde fast ganz von zwei schwarzen Mülltonnen verdeckt. Es sah so aus, als führe sie lediglich zu einer kleinen Kammer, in der die Mülltonnen aufbewahrt wurden.

Die Kammer war aber in Wirklichkeit so etwas wie eine Schleuse. Auf der einen Seite konnte man die verbeulte Blechtür öffnen, und wenn einen dann der blaue Traumstaub ganz umfing, erschienen auf der anderen Seite die Gittersta-

be einer Käfigtür, die direkt auf das Gelände von Mormis Zauberweberei führte.
Finja schüttelte sich. Es war ein Spinnenkäfig, durch den sie wandern mussten, und Spinnen fand sie ziemlich scheußlich. Mormi hielt Dutzende von Spinnen: Da gab es welche mit violetten Augen und andere mit orangefarbenen Flecken und dicken Haaren. Es gab winzige grüne Spinnen und runde mit stämmigen Beinen, so dick wie Finjas Daumen. Richtig gruselig. Mormi brauchte sie; denn sie stellten die Fäden für die Zauberkleider her. Mormi besaß auch Seidenraupen und jede Menge Tiere, aus deren Fell sich Wolle spinnen ließ. Die Zauberweberei war ein großes Anwesen mit Stallungen, Spinnerei und Schneiderei. Finja schob den Ekel beiseite und lächelte. Sie dachte jetzt an die wunderschönen Schmetterlingswesen, die aus Mormis Seidenraupenkokons schlüpften. Die würden Kati gefallen!
Sie hob ihre Hand und winkte der Freundin zu. Sie beschleunigte ihren Schritt. Kati kam ihr entgegen.
»Na endlich, ich wäre ja fast schon alleine aufgebrochen, wenn ich nur diese dusselige Tür gefunden hätte. Bist du sicher, dass sie hier bei der Goldschmiede ist? Ich habe gar nichts gesehen.«
»Da drüben.« Finja deutete zu den Mülltonnen.
»Die kleine Tür?«, fragte Kati ungläubig. ». . . das kann doch nicht dein Ernst . . .«

»Doch klar. Du wirst es gleich sehen.« Finja grinste. Was würde Kati für Augen machen, wenn ihr der aramsische Traumstaub ins Gesicht wirbelte! Wenn ihr die Schmetterlingskinder über den Kopf flatterten und wenn sich zu ihren Füßen die Stadt Zatran mit ihren fantastischen Gebäuden erstreckte! Wahrscheinlich würde sie in die Luft springen vor Begeisterung!
»Also, los geht's!«, rief sie und boxte Kati in die Seite.
»Ich bin schon total aufgeregt«, antwortete die Freundin und ihre Augen blitzten auf wie Sterne. »Ob wohl Tag oder Nacht ist? Nacht wäre gut, dann könnte ich Mormi am Webstuhl sehen . . .«
»Jetzt komm schon!«, unterbrach Finja sie lachend. Seite an Seite gingen sie in die Einfahrt bis zu den Mülltonnen. Finja musste sie etwas zur Seite rücken, um daran vorbeizukommen. Das Rad schabte an einem heruntergefallenen Kronkorken entlang und gab einen scheußlichen Ton von sich.
»Also, jetzt!«, flüsterte Finja und öffnete die Tür. Sie machte einen Schritt. Kati drängelte hinterher.
Sofort waren die beiden Mädchen umgeben von glitzerndem Blau. Über ihnen, unter ihnen, überall leuchtete es in einem bläulichen Licht. »Wow!«, rief Kati aus. Finja lächelte glücklich. Sie hatte eben doch recht. Von wegen verrückt. Das hier war wirklich. Wirklich wie nur was!
»Das ist echt der Hammer!« Kati griff in dem blauen Licht nach einzelnen Staubkörnern, konnte aber keines erwischen.

»Das ist unglaublich, dieses Geglitzer! Finja ehrlich!« Sie strahlte Finja an, als hätte sie ihr gerade zum ersten Mal den Sternenhimmel gezeigt.
»Wir sind ja noch nicht einmal da!«, flüsterte Finja zurück und tastete nach der Rückwand der Kammer. Es schillerte und glänzte, über, unter und neben ihr.
»Ey, sag mal, fliegen wir?«, rief Kati begeistert. Finja zuckte grinsend mit den Schultern. Sie wusste es nicht. War das Fliegen? Auf jeden Fall war unter ihren Füßen nichts zu sehen außer blauem Licht. Erst langsam zeichneten sich Konturen ab. Gitterstäbe tauchten auf. Und unter ihren Füßen erkannte sie den strohbedeckten Käfigboden.
Finja drückte gegen die Tür.

Es bot sich ihnen ein überwältigender Blick. Da die Zauberweberei auf einem der zwei Hügel lag, erstreckte sich die Stadt Zatran zu ihren Füßen. Über schillernden Schneckenhäusern, schwebenden Zelten und spitzen Türmen leuchtete der blaue aramsische Himmel. Sie überblickten die Ebene bis zu den schwankenden Höhen.
Kati griff nach Finjas Hand. »Das ist unglaublich!« Sie drehte sich um und sah in der anderen Richtung spitz aufragende Felsen. »Das müssen die Steinernen Speere sein! Finja, es ist alles viel schöner, als ich es mir vorgestellt habe!«
Finja antwortete nicht. Sie hatte ihre Augenbrauen misstrau-

isch zusammengezogen. Natürlich war Aramsi schön. Natürlich leuchteten die wundersamen Landschaften in dem blauen aramsischen Licht – aber irgendetwas stimmte nicht. Es war so leise. Finja hatte Mormis Weberei als einen höchst betriebsamen Ort in Erinnerung. Knauerkauze hatten die Tiere versorgt, Käfigtüren klappernd auf- und zugeschlagen. Die Schafe und Kamele – oder was auch immer die wolletragenden Tiere in den Stallungen waren – hatten geblökt und gebrüllt, der Lärm der Stadt war über den Zaun gedrungen und über allem hatte der Singsang der Schmetterlingskinder gelegen. Jetzt herrschte Stille. Völlige Stille.
Finja wandte sich zu Kati um. Die Freundin drehte sich noch immer staunend um die eigene Achse. »Und diese wunderschönen Klostertürme!«, rief sie lachend. »Es sieht ein bisschen aus, als leuchteten sie, so makellos weiß, wie sie sind! Ich kann's gar nicht glauben! Finja, das ist das Schönste, was ich je gesehen habe!«
Finja nickte geistesabwesend. Was war los? Wo war Mormi? Wo waren die Knauerkauze? Ihr Blick glitt an der Reihe der Spinnenkäfige entlang. Sie alle waren mit Brettern vernagelt. Darüber in den Bäumen hingen leere Kokons – von den geschlüpften Schmetterlingskindern keine Spur. Auf den Weiden hinter den Stallungen graste kein einziges Tier. Die Stalltore waren verschlossen.
Finja biss nervös auf ihrer Lippe herum. Sie sah ihre Freundin

unschlüssig an, »Kati«, begann sie. »Irgendetwas stimmt hier nicht.«
»Wieso? Es sieht doch alles wunderbar aus!«
»Ich weiß nicht«, murmelte Finja. Sie wollte Kati nicht enttäuschen. »Es ist aber gar niemand da.« Dann wandte sie ihren Blick zum Kloster auf dem gegenüberliegenden Hügel. Doch auch auf den Türmen, auf denen sich normalerweise die Traumstreicher den Staub von den Händen klopften, war niemand zu sehen. »Ich verstehe das nicht«, sagte sie und schüttelte den Kopf.
Kati, die ihrem Blick gefolgt war, fragte: »Dass keine Traumstreicher auf den Türmen stehen? Vielleicht sind sie alle in der Menschenwelt!«
»Nein, das ist es nicht allein. Auch hier in der Weberei ist alles ausgestorben. Mormi ist nicht da. Die Knauerkauze sind weg! Die Schmetterlingskinder fehlen! Die Käfige sind vernagelt! Irgendetwas muss passiert sein!«
Sie beobachtete, wie der glitzernde Traumstaub durch die Luft wirbelte und langsam zu Boden sank. Keinerlei Fußspuren zeichneten sich in der bläulichen Staubschicht ab. Finja spürte, wie sie eine Gänsehaut bekam, ihre Stimme krächzte ein bisschen, als sie hinzufügte: »Ich möchte wissen, was.«

In diesem Moment drang ein weit entferntes Geräusch zu ihnen. Eine Art Zischen, bedrohlich und fremd. Beide Mädchen wandten ihre Köpfe in die Richtung, aus der es gekommen war. Da sahen sie aus den blauschwarzen Hügeln am Horizont eine Feuersäule emporlodern. Sie war weit entfernt, aber einen kurzen Moment lang warf sie ihr glutrotes Licht bis auf die Hauptstadt.

Kati riss ihre Augen auf. »Nein!«, rief sie aus. Ihre Stimme bebte vor Begeisterung. »Irre!« Sie fasste nach Finjas Schulter. »Was ist das?«

»Woher soll ich das wissen?«, entfuhr es Finja ärgerlicher als beabsichtigt.

Kati sah sie an. »Hast du Angst?«

Finja schüttelte Katis Hand von ihrer Schulter. »Angst nicht«, schimpfte sie. »Aber ich hab doch schon gesagt: Irgendetwas ist total komisch.«

»Was sollen wir machen?«

»Umdrehen?«, schlug Finja vor.

»Ach nein!«, rief Kati enttäuscht. »Nicht so schnell, ich habe ja noch gar nichts gesehen!«

Finja nickte. Eigentlich wollte sie auch nicht so schnell zurück. Sie hatte viel zu viele Hoffungen an ihre Reise nach Aramsi gehängt. Vielleicht gab es ja eine ganz einfache Erklärung dafür, dass Mormi und die Knauerkauze nicht zu Hause waren.

Finja schaute in Katis bittende Augen. Was sollte schon passieren, wenn sie sich ein wenig umsahen?

»Also gut!«, sagte sie. »Wir sollten wenigstens noch etwas suchen, das ich mitnehmen kann!«
»Prima!«, rief Kati und suchte gleich die Umgebung nach beeindruckenden Gegenständen ab. »Reiß doch einfach eine dieser komischen Blumen ab!«, rief sie. »Oder nimm so einen durchsichtigen Kieselstein.«
»Solche Steine könnte es doch irgendwo bei uns auch geben«, antworteta Finja wenig überzeugt. »Nein. Lass uns zu Daks Baumhaus schauen.« Das war überhaupt der beste Plan, fand sie jetzt. »Vielleicht ist er ja da. Vielleicht kann er uns alles erklären!«, sagte sie mehr zu sich selbst als zu Kati.
Sie liefen den Hügel hinab zum Gartentor. Finja öffnete es und die Mädchen traten nacheinander auf die verlassene Straße.

Es war unheimlich. Die mächtige Felsenhöhle, die gleich zu ihrer Rechten lag, war mit einer großen Steinplatte verschlossen. Das Nest daneben, von dem Finja wusste, dass es einmal mit Blütenblättern überdacht gewesen war, lag mit dem Boden zuoberst auf der Erde. Das gegenüberliegende muschelförmige Haus war zugeklappt. Niemand war zu sehen.
Erst als Finja und Kati um die Ecke bogen, bemerkten sie ein Lebenszeichen: Aus einem hohlen Baum hangelte krakengleich ein Zerpiolenarm nach abgebrochenen Zweigen, mit

denen er eilig das Loch über sich zustopfte. Schräg gegenüber wurden die obersten von bestimmt dreißig Fensterläden eines spiralförmigen Turmes hastig verschlossen und verriegelt.
»Sie sind nicht weg. Zumindest nicht alle. Sie haben sich nur verbarrikadiert«, flüsterte Finja Kati zu. Das gab ihr Mut. Es schien wieder wahrscheinlicher, dass sie Dak treffen würden. Und Dak würde ihnen alles erklären ...
Finja beschleunigte ihren Schritt. Je weiter sie sich vom Zentrum der Stadt entfernten, desto mehr Aramser sahen sie, die alle damit beschäftigt waren, ihre Behausungen zu verbarrikadieren und sich selbst zu verstecken. Als sie schließlich am Rand von Zatran angekommen waren, dort wo große Lücken zwischen den einzelnen Häusern lagen und man den Fluss rauschen hörte, sah sie ihn. Das heißt, zuerst sah sie nicht Dak, sondern das Feuerpferd. Es galoppierte von der anderen Seite auf das Baumhaus zu. Finja griff nach Katis Arm. »Siehst du es? Das ist ein Feuerpferd!«
Anstelle von Schweif und Schwanz loderten Flammen und dort, wo die Hufe die Erde berührten, sprühten Funken.
»Und auf so einem Pferd bist du geritten?«, hauchte Kati beeindruckt.
Finja nickte stolz.
Dak zog an den Zügeln und brachte das Pferd zum Stehen. Sein Blick war nach oben gerichtet. Dort, in der Krone des

Baumes, an dem das Haus hing, saß ein Mann, dem ebenfalls blaue Federn auf dem Kopf wuchsen.
»Ich habe jetzt allen Bescheid gesagt«, rief Dak ihm zu. »Ganz Zatran ist gewarnt!«
»Gut«, antwortete sein Vater. »Dann hilf mir, unser Haus zu verstecken.« Er warf ein Seil hinunter und sprang hinterher. »Ich habe eine Seilwinde gebaut. Wir ziehen das Haus mitten in die Krone des Baumes und tarnen es mit belaubten Zweigen.«
Dak band das Feuerpferd an einen Baum.
Jetzt stürmte Finja los. »Dak!«, rief sie »Dak!« Kati stolperte ihr hinterher.

7. Aufbruch zu den Scherwekas

Kati und Finja saßen auf dem Boden des geflochtenen zweistöckigen Baumhauses. Es baumelte allerdings nicht mehr hin und her, sondern war fest in eine Astgabel geklemmt. Nur so war es möglich gewesen, das Haus ganz in der Baumkrone zu verstecken. Das Zimmer war mit einem Teppich aus Ziegenhaar ausgelegt, zusätzlich gab es bunt gemusterte Sitzpolster, auf die sich die Mädchen kauerten. Daks Mutter hatte ihnen etwas zu trinken gegeben, einen seltsamen gelben Saft, der ein bisschen nach Pfefferminz schmeckte und gleichzeitig nach Preiselbeeren. Eigentlich wäre es sehr gemütlich gewesen, wenn nur Dak nicht so schreckliche Dinge erzählt hätte!

Zuerst hatte er sie sogar verscheuchen wollen. »Kehrt heim!«, hatte er geschrien, als Finja und Kati auf ihn zugestolpert waren. Dann hatte er vor lauter Eile, das Haus ins Geäst zu hieven, kaum ein Wort hervorgebracht. Der Schweiß war ihm auf die Stirn getreten, als er gemeinsam mit seinem Vater an der Seilwinde kurbelte, und Kati und Finja hatte er nur sorgenvolle Blicke zugeworfen.

Finja hatte einfach nicht darauf geachtet. Sie konnte doch jetzt nicht einfach wieder umkehren! Sie musste doch wissen, was für eine Gefahr ihren Freunden drohte! Vielleicht konnte sie ja helfen!

Also war sie kurzerhand in den Baum geklettert und hatte zumindest dabei geholfen, das Baumhaus in die Astgabel zu bugsieren. Und als es schließlich im dichten Laub verschwunden war, hatte Dak sie umarmt und gesagt: »Dann kommt erst einmal herein.«

Jetzt saßen sie im Kreis: Dita, Daks Mutter, die krank und müde aussah. Sie hatte ein Bein untergeschlagen, das andere gerade von sich gestreckt. Es war steif. Daneben saßen Fark und Dak im Schneidersitz. Ein kleines Lamm hatte sich in Daks Schoß gekuschelt, dem er gedankenverloren die Ohren kraulte. Gerade hatte er ausführlich geschildert, was in den Schwankenden Höhen geschehen war und wie Mormis Plan aussah. Seine bernsteinfarbenen Augen hatten dabei jeden Glanz verloren und er hatte starr auf den Teppich geblickt. Jetzt blies er sorgenvoll die Luft aus, sodass die Federn über seinen Augen leicht zitterten. Fark, der seinen Kopf in beide Hände gestützt hatte, sah auf und sagte zu den Mädchen: »Es

gibt also nichts, das ihr tun könnt. Wir müssen hier ausharren und abwarten und ihr geht am besten wieder heim.«
Dak stimmte seinem Vater zu. »Ich begleite euch noch zur Zauberweberei, ich muss sowieso das Feuerpferd zurück in seinen Stall bringen.«
Aber Finja rührte sich nicht vom Fleck. Irgendetwas an Daks Erzählung ließ ihr keine Ruhe. Es kam ihr so vor, als kenne sie die Geschichte. Als habe sie – zumindest einen Teil davon – selbst erlebt.
»Leben die Drachen in einer Wüste aus funkelndem Geröll?«, fragte sie langsam.
Dak nickte.
»Gibt es dort einen See? Einen See wie aus rotgoldenem Sirup?«
Wieder nickte er.
»Glitzert die Eierschale wie mit Edelsteinen besetzt?«
»Ja.« Dak sah Finja verwundert an. »Woher weißt du das?«
»Ich habe es gesehen! Im Traum. Ich habe gesehen, wie der Drache geschlüpft ist.«
Dak, seine Eltern und Kati starrten sie an. War das möglich? Hatte tatsächlich ein Traumstreicher Finjas Haare gestreichelt, während der Drache aus seinem Ei drängte? Dann wüsste sie ja . . .
Dak war der Erste, der seine Stimme wiederfand. »Hast du die Weissagung gehört?«

Finja schloss die Augen. Sie konzentrierte sich ganz auf die Bilder ihres Traums. Die alten Drachen waren aus ihren Höhlen gekommen. Sie sah ein gigantisches graugrünes Tier, mit verschrumpelten Ohren und tiefen Falten. Dann rief sie sich den nächsten Drachen in Erinnerung. Das größte Tier der Herde, mit roten Zacken und schillernden Flügeln. Sie hörte die tiefe Stimme und flüsterte die Worte des alten Drachen mit: »Farmarall ist dein Name!« Genau. Das hatte er gesagt. Und dann? Wie waren die Worte des nächsten? Finja flüsterte: »Wild, gefährlich und von allen gefürchtet, das bist du.«

Stille herrschte im Baumhaus. Alle warteten gespannt darauf, was Finja als Nächstes sagen würde. Sie hielt die Augen geschlossen. Nichts geschah.

»Ja und dann?«, drängte Dak schließlich. »Er muss gesagt haben, wie der junge Drache zu zähmen ist!«

Finja öffnete ihre Augen wieder. Sie war verzweifelt. Wie es weiterging, wusste sie nicht. Dabei hatte sie alles so klar vor Augen! Sie roch den schwefligen Rauch. Sie konnte sich jede einzelne Wimper über den grünen, kugeligen Augen des Jungtieres vorstellen – ja sogar die kleinen orangefarbenen Sprenkel darin! Aber was der alte Drache danach gesagt hatte, das kam ihr einfach nicht in den Sinn. »Da muss ich aufgewacht sein«, sagte sie tonlos.

Fark, Dak und Finja ließen die Köpfe sinken. Sie starrten auf den Teppich aus Ziegenhaar.

Da hörten sie eine leise, zittrige Stimme. »Wild, gefährlich und von allen gefürchtet, das bist du – bis jemand auf dir reitet.«

Alle wandten sich zu Kati.

»Was hast du da gesagt?«

»Wild gefährlich und von allen gefürchtet, das bist du – bis jemand auf dir reitet.« Kati sprach langsam, als staune sie über ihre eigenen Worte. Sie war blass. Dann sah sie zu Finja hinüber. »Ich hatte denselben Traum.«

»Denselben Traum?«

»Ja, als ich bei dir übernachtet habe. Ein Traumstreicher muss bei uns gewesen sein.« Dann schluchzte sie auf.

»Was ist los?«, fragte Finja erschrocken.

»Es war schrecklich«, stieß Kati mit erstickter Stimme hervor. »Er ist losgeflogen, der Drache. Er hat Wälder verbrannt und Häuser einfach zur Seite gestoßen. Ich erinnere mich wieder genau. Das umgekippte Haus, von dem ich dir erzählt habe. Das stand nicht einfach so auf dem Kopf. Der Drache hat es umgeworfen.« Sie schluchzte. »Finja!«, rief sie. »Im Traum war das alles auf schaurige Weise schön. Aber wenn das wahr ist, wenn das alles wirklich in Aramsi passiert, dann will ich so schnell wie möglich von hier weg!«

Finja hielt die Freundin tröstend im Arm. Irgendwo ganz hinten in ihrem Kopf spukte der Satz: »Na also! Merkst du jetzt, dass Aramsi mehr ist als ein fantastischer Fernsehfilm?

Dass es ganz schön hart ist, ein echtes Abenteuer zu bestehen?« Aber sie verkniff sich die Bemerkung. Jetzt ging es schließlich um ganz andere Dinge. »Aber Kati, du bringst doch die Lösung hierher! Das ist doch wunderbar. Sie haben dich hier gebraucht!«

Kati schlotterte. »Ich will hier nicht gebraucht werden!«

Finja sah entschuldigend zu Dak und seiner Familie hinüber. Doch Katis unhöfliche Bemerkung war ihnen ganz egal.

Die Nachricht, wie der Drache zu zähmen sei, hatte sie verstört.

»Auf einem Drachen reiten«, flüsterte Dak. »Das können wir nicht. Die Drachen sind die stärksten Geschöpfe Aramsis!«

Er kaute auf seiner Lippe herum und warf einen Hilfe suchenden Blick zu seinem Vater.

Doch Fark hatte auch keine Lösung. »Wir müssen sofort Mormi holen!«, meinte er.

Dak schüttelte den Kopf. »Du weißt doch: Keiner von uns kann in den Keller des Traumstreicherklosters steigen. Nein, wir müssen selber handeln. Und zwar sofort.«

»Aber wie sollten wir?«

»Wir müssen jemanden holen, der auf dem Drachen reiten kann.«

Daks Vater legte sein Gesicht wieder in beide Hände und dachte nach. Finja beobachtete ihn gespannt.

Dak überlegte ebenfalls. Aber wer schließlich etwas sagte,

war seine Mutter: »Eine Scherweka natürlich. Die Scherwekas züchten im verbrannten Land die Feuerpferde. Sie zähmen sie und reiten sie zu. Sie stellen die besten Sättel und Riemen her.« Sie senkte ihre Stimme, blickte zu Finja und Kati und erklärte ihnen: »Sie werden eins mit den Feuerpferden. Das ist die magische Fähigkeit, die ihnen ihre Reithosen verleihen. Sie verschmelzen mit dem Feuerpferd und dadurch gelingt es ihnen, sie zu zähmen.« Sie sah wieder zu Dak und ihrem Mann: »Feuerpferde sind bekanntlich verwandt mit Drachen. Wer außer den Scherwekas sollte einen Drachen reiten können?« Vier hoffnungsvolle Augenpaare richteten sich auf sie.

»Ich reite sofort dorthin«, erbot sich Dak.

Ditas eigene Augen blieben traurig und dunkel. »Das habe ich befürchtet«, sagte sie und senkte den Blick.

»Gibt es denn keine Scherwekas in Zatran?«, wollte Finja wissen. »Ich denke, aus jedem aramsischen Volk lebt eine Familie in der Hauptstadt.«

»Doch«, sagte Daks Vater gedehnt.

Seine Frau unterbrach ihn. »Schakra und Korschuna leben schon so lange in der Stadt, dass sie vom Pferdezähmen keine Ahnung mehr haben. Sie zu fragen, ist völlig nutzlos.«

Daks Vater sah seinen Sohn nachdenklich an. »Sollte nicht lieber ich reiten?«, schlug er vor.

Doch da unterbrach ihn seine Frau schon wieder: »Nein, keiner von uns kann so schnell und gut auf einem Feuerpferd reiten wie Dak. Auch du nicht, Fark.«

Sie hatte laut und bestimmt gesprochen, doch jetzt wandte sie ihr Gesicht ab.

Daks Vater nickte. Dak selbst sprang sofort auf und begann, Proviant in seinen Rucksack zu packen. Daks Vater erklärte ihm den Weg. »Du musst immer nach Westen, immer flussaufwärts an der Golvina entlang. Dann kommst du zum Roten Tor. Dahinter liegen die wandernden Flüsse. Wie es von dort aus weitergeht, weiß ich nicht genau. Aber ich habe gehört, dass die Krawankelschlucht direkt ins Verbrannte Land führt.« Dak hörte aufmerksam zu. Als sein Vater nichts mehr zu sagen wusste, drehte sich seine Mutter zu ihm um. Finja sah, dass sie geweint hatte. Dita umarmte ihren Sohn. »Sei vorsichtig, Dak!«, mahnte sie. »Sei vorsichtig und komm gesund wieder!«

Sie wandte sich an die Mädchen. »Und ihr seht zu, dass ihr so schnell wie möglich wieder nach Hause kommt.«

Finja wollte protestieren. Doch an Katis erleichtertem Lächeln konnte sie sehen, dass jede Widerrede sinnlos war.

»Warte!«, rief Dak. Er nahm das Lämmchen auf den Arm. »Nehmt Malmize mit. Bei euch ist sie sicher!«

Dak drückte Finja das kleine Graupellamm in die Arme. Er nahm seinen Rucksack, kletterte aus dem Baumhaus, ging zum Feuerpferd und stieg auf.

»Wir sehen uns bald!«, rief er zum Abschied und winkte zum Baum hinauf.
Dann stoben die Funken.

8. Im Keller des Klosters

Mormi schritt langsam zwischen den Teppichbergen entlang. Sie wirkte wie ein Zwerg neben den gewaltigen Stapeln. Darüber spannte sich das Kellergewölbe wie ein grauer Himmel. Mormi trug in der einen Hand eine Laterne und in der anderen eine Strickleiter. Sie hatte die Augen halb geschlossen und ließ sich von ihrer inneren Stimme leiten. Vor einem der Teppichberge blieb sie stehen. Mormi nahm die Strickleiter und warf sie in die Höhe. Selbstständig suchten sich die oberen Enden irgendwo dort auf dem Gipfel einen Halt. Mormi zog an den Seilen. Als sie nicht nachgaben, begann sie hinaufzuklettern.

Es war nicht das erste Mal, dass sie in diesem Keller nach dem Bild einer Drachengeburt suchte. Immer wenn die

Aramser gerade den Schrecken verwunden hatten, den der vorige Drache verbreitet hatte ... immer dann musste sie sich auf die Suche machen. Auromor war der letzte gewesen. Mormi lächelte. Wenn es doch nur wieder so einfach würde! Damals hatte sie nur ihre Flöte nehmen und dem Drachen ein Lied vorspielen müssen – schon war er sanft gelandet, hatte seine Augen gerollt und verzückt gelauscht.

Auch das Bild seiner Geburt hatte sie damals schnell gefunden. Es war nicht besonders schwer gewesen. Denn die Weltenteppiche zeigten ja nicht nur ein lebendiges Bild von ganz Aramsi und der Menschenwelt, sie leiteten auch den Blick des Betrachters. Er konnte gar nichts anderes tun, als auf die Stelle des Teppichs zu schauen, an der er erfuhr, was er wissen wollte. Der Wunsch – oder die Frage – musste nur deutlich genug sein.

Um Mormis graue Lippen spielte ein feines Lächeln. Es konnte eigentlich nichts passieren. Sie hatte nur eine einzige Frage. Die nach der Weissagung für den neuen Drachen. Sie war auf dem Gipfel angekommen. Sie hielt die Lider gesenkt und begann, einige Teppiche beiseitezurollen. Sie marschierte zum Rand des Turmes, zog von innen die Teppichenden hinein, kletterte auf die andere Seite und begann zu rollen. Es war eine schwere Arbeit. Sie stöhnte laut, blieb stehen, krempelte die Ärmel ihres grauen Kleides in die Höhe und schob die Rolle von Neuem an. Als der Teppich halb zusammenge-

rollt war, ließ sie ihn liegen und machte sich an den darunterliegenden. Sie schaffte es, fünf Teppiche halb zur Seite zu räumen, dann sank sie erschöpft auf den Boden. Mit dem Rücken an die letzte Teppichrolle gelehnt, ruhte sie aus.
Vor sich auf dem Teppich sah sie Zatran verzeichnet. Gedankenlos ließ sie ihre Augen darauf ruhen. Der Teppich begann zu leben. Das Bild der Hauptstadt veränderte sich. Die große Straße, die zur Zauberweberei führte, wuchs daraus hervor. Mormi sah die mächtige Felsenhöhle, die gleich rechts neben dem Gartentor lag, das zur Zauberweberei führte. Die Höhle stand offen und Elliom, ein Riese mit Bärenklauen, saß dort in der Sonne und polierte seine Feuersteine. Mormi lächelte. Es war schön, so friedliche Bilder aus den glücklichen Tagen Zatrans zu sehen.
Gleich gegenüber war die Muschel der Meersäusler weit aufgeklappt und die pausbackigen Säuslerkinder spielten Fangen. Aus welcher Zeit dieser Teppich wohl war?, fragte sich Mormi. Aus diesem Sommer? Sie ließ ihren Blick in die Zauberweberei hineinwandern. Nein, der Knorpbaum am Eingang war noch sehr klein. Es mussten Jahre seither vergangen sein.
Womöglich war es gar nicht Elliom gewesen, der die Feuersteine polierte, sondern sein Vater Aschiut. Wie die Zeit verging ...
Mormi sah den Kiesweg auf dem Gelände der Weberei hi-

nauf. Ihr Blick fiel auf den Käfig der schwarzen Spinne. Er war noch völlig ungesichert. Jetzt – nachdem Itzika versucht hatte, das Tier zu stehlen – schlangen sich drei Sicherheitsketten um die Stäbe, die mit fünf Zauberschlössern versehen waren. Niemand würde sie ohne Mormis Hilfe öffnen können. Sie schüttelte versunken den Kopf: Wie unbeschwert sie damals mit der Spinne umgegangen war, ohne jede Angst, dass der gefährliche Faden abhandenkommen könnte! Der Faden, mit dem man das schreckliche schwarze Gewand weben konnte ...
Wieder lächelte Mormi. Sorglose Zeiten waren das gewesen! Doch im nächsten Moment gefror ihr das Lächeln. Sie sah eine Gestalt, die sich dem Käfig näherte. Ein weißer Bart schleifte über den Kies. War das nicht? Ja, das war Bardur. Der junge Bardur. Sechzehn Jahre etwa. Rotbackig und mit glatter Stirn. Der Teppich musste aus der Zeit stammen, als Bardur bei ihr als Stallknecht gearbeitet hatte. Was tat er? Die Spinne füttern?
Er war doch für die Borkenschafe zuständig gewesen? Was machte er sich am Spinnenkäfig zu schaffen?
Mormi beugte sich vor. Sie blickte gebannt in den Teppich hinein. Sie sah, wie Bardur sich nach allen Seiten umdrehte, dann vorsichtig die Käfigtür öffnete und mit spitzen Fingern das schwarze Netz an wenigen Stellen vom Gitter trennte. Er löste einige Fäden daraus, steckte sie sich in die Tasche,

schloss die Tür und eilte davon. Mormi blieb die Luft weg: Der Weißbartgnom hatte Spinnenfäden geklaut. Schon damals, vor sechs Jahren!

Sie kippte nach vorne und musste sich mit beiden Händen aufstützen. Sie starrte auf den Punkt, wo Zatran verzeichnet war. Sie konnte sich nicht von dem Bild lösen und sie merkte auch nicht, wie ihre Zehen langsam in den weichen Teppich hineinsanken.

9. Der Weißbartgnom

Aus dem warmen, weichen Knäuel in Finjas Armen spähten dunkle Augen vorsichtig zu ihr hinauf. »Hab keine Angst«, flüsterte Finja dem kleinen Graupellamm zu. Sie stand unter dem Baum, in dem Daks Haus versteckt war, strich sanft über die weiche Wolle des Lämmchens und bewunderte die goldenen Tupfen auf seinem weichen rosafarbenen Maul. Rein äußerlich unterschied sich Malmize nur durch diese Tupfen von Ziegen in der Menschenwelt. Aber Daks Mutter hatte Finja erzählt, dass Graupelziegen jede Sprache verstehen konnten. Das Halsband aus Mormis Zauberweberei verlieh ihnen diese Fähigkeit. Finja sah in Malmizes dunkle Knopfaugen und hatte den Eindruck, dass es stimmte. Allerdings hatte sie das Gefühl bei der Katze ihrer Oma auch.
»Und du kannst es wirklich?«, flüsterte sie. Malmize bewegte

ihren Kopf. War das ein Nicken? Egal, dachte Finja. Sie ließ Malmize an ihrer Hand schnuppern, und als das Lamm zutraulich den Kopf reckte und die Innenfläche abzuschlecken begann, entdeckte Finja den lustigen kleinen Ziegenbart.
»Schau mal, wie süß!«, rief sie Kati zu.
»Ja, süß«, antwortete Kati kurz angebunden. Sie zog an Finjas Ärmel. »Komm, wir müssen uns verkrümeln.«
Finja nickte. Kati hatte recht, sie mussten gehen. Doch da fiel Finja noch etwas ein. »Nur noch einen Moment, ich will noch Daks Mutter fragen, was so ein Graupellamm eigentlich frisst. Wir müssen Malmize ja irgendwie füttern.«
Sie kletterte noch einmal an dem Seil zum Baumhaus hinauf. Daks Vater merkte es und streckte seinen Kopf heraus. »Was ist?«
»Was frisst Malmize? Was muss ich ihr geben?«
»Gibt es Gras in eurer Welt?«
Finja nickte. »Überall. Grünes Gras gibt es genügend.«
»Grün?«, fragte Daks Vater verblüfft. »Na ja, die Farbe sollte egal sein. Gib ihr euer Gras.« Er lächelte kurz, dann schaute er Finja streng an und befahl: »Aber jetzt beeilt euch, damit ihr nach Hause kommt, bevor der Drache hier ist!« Er nickte Finja zu, wartete, bis sie unten angekommen war, und holte das Seil ein.

Finja wandte sich zu ihrer Freundin um: »Malmize frisst ganz einfach . . .« Sie stockte. Vor Kati stand ein Mann. Er überragte Kati kaum, aber sein Kopf war mindestens doppelt so groß wie ihrer. Sein langer weißer Bart reichte bis zum Boden und ringelte sich dort zwischen zwei breiten Füßen mit jeweils vier schrumpeligen Zehen. Trotz der weißen Haare wirkte sein Gesicht jung. Die Wangen waren rot und glatt. Die dunklen Augen stierten auf Katis Haare.
Finja erkannte ihn sofort. Das war Bardur. Bardur, der Weißbartgnom, der den Eingang zur Burg der Dunkelfürstin Itzika bewacht hatte. Bardur, der Überläufer, der erst Mormi gedient und dann all ihre Geheimnisse an Itzika verraten hatte. Aus purer Gier. Weil er immer noch mehr Zauberkleider haben wollte.
Jetzt sprach er auf Kati ein. Finja machte einen vorsichtigen Schritt in ihre Richtung und bemühte sich, seine Worte zu verstehen.
»Woher hast du die Haarspange?«
Wieso fragte er das? Hielt er die Spange auch für ein Zauberkleid? Anders als bei ihrer letzten Begegnung klang die Stimme verwirrt, beinahe ängstlich. Das wunderte Finja, sie hatte ihn herrisch und grob in Erinnerung.
»Willst du sie mir geben?«
Bestimmt!, dachte Finja. Bestimmt glaubt er, dass die Spange magische Fähigkeiten verleiht. Damals war er ja auch über-

zeugt davon, dass mein T-Shirt irgendwelche Kräfte hat. Finja schnaufte spöttisch. Wie blind doch die Gier machte!
»Nein!«, antwortete Kati ängstlich. Sie schüttelte heftig den Kopf und wich vor Bardur zurück.
Finja sah bestürzt zu. Sie wusste, dass Bardur ziemlich grob werden konnte, wenn er nicht bekam, was er wollte. Jetzt musterte er auch noch Katis T-Shirt und ihre Hose! Wollte er die auch? Nein.
Sein Blick kehrte zurück zu Katis Haarspange. Einzig auf die hatte er es abgesehen.
Die Spange glitzerte rosa-violett und die Figur darauf glich einem Schmetterlingskind aus Mormis Weberei. Und genau so ein Schmetterlingskind hatte Finja nach Aramsi geführt. Gab es da einen Zusammenhang?
»Komm. Lass sie mich nur mal genauer ansehen!«, bettelte Bardur.
»Nein!«, antwortete Kati jetzt mit dünner Stimme. Sie schlotterte am ganzen Körper. Finja beschloss, auf Schnelligkeit zu setzen. Sie würde Malmize unter den einen Arm nehmen, mit der anderen Hand nach Katis Hand greifen und einfach mit ihr davonrennen. Die Straße hinauf zur Zauberweberei, den Kiesweg entlang bis zum Spinnenkäfig und dann mit einem schnellen Schritt nach Hause in die Seidenwebergasse in Almsbach. Sie holte tief Luft und spurtete los.

Kati verstand sofort. Hand in Hand rannten die Mädchen die Straße hinauf. Hinter sich hörten sie Bardurs Stimme.
»Halt! Wo wollt ihr denn hin!« Ein neuer Klang hatte sich in seine Stimme gemischt: Wut. »Ich tu euch doch nichts!«
Wer's glaubt!, dachte Finja und lief weiter.
»Jetzt hört mir doch erst einmal zu. Ich habe ja auch etwas für euch!«
Die Mädchen sahen sich nicht einmal um.
»Das einzige Mittel gegen den Drachen!«
Wieso? Was wusste Bardur von der Drachenzähmung?
»Hier«, schmetterte Bardur und hielt eine lederne Tasche in die Höhe. »Hier drin steckt die Rettung für Zatran. Andernfalls wird der Drache die Stadt zermalmen.«
Jetzt drehte sich Finja doch um: »Wird er nicht!«, rief sie ihm triumphierend zu. »Dak ist unterwegs zu den Scherwekas, die auf dem Drachen reiten und ihn zähmen werden.«
Kati zog an ihrer Hand. Finja musste weiter, sie konnte nicht zusehen, wie ihre Worte auf Bardur wirkten.
Sie hörte bellendes Lachen: »Reiten! Zähmen! Es gibt niemanden in ganz Aramsi, der auf einem Drachen reiten kann! Haha! Traut ihr denn eurer wunderbaren Zauberweberin nicht? Mormi selbst ist es doch, die den hauchdünnen grünen Stoff webt, der die Drachen zu den stärksten Wesen Aramsis macht! Auf einem Drachen reiten!« Bardur schnaubte ver-

ächtlich. »Auf einem Drachen reiten! Das wird ein köstliches Schauspiel geben.«

Finja verlangsamte ihren Schritt.

»Aber sie können mit den Feuerpferden eins werden! Und Feuerpferde sind mit Drachen verwandt!«

Bardur schüttelte sich nun vor Lachen. »Mit Drachen verwandt! Jaja, das stimmt. Ich bin auch mit Stachelzwergen verwandt! Und was folgt daraus? Dass mir Stacheln wachsen? Mit Drachen verwandt!« Er spuckte aus. »Das wird den Scherwekas aber viel nützen!«

Finja zögerte. Was Bardur sagte, klang logisch. Und sie erinnerte sich sogar daran, dass Mormi einmal von diesem hauchdünnen grünen Stoff erzählt hatte . . . Sie blieb stehen.

»Finja! Bitte!« Kati zerrte an der Hand ihrer Freundin. Sie wollte nur noch nach Hause. Aber Finja blieb stehen. Wenn Bardur recht hatte? Mussten sie dann nicht hierbleiben und helfen? Finja dachte wieder an ihren Traum. Sie hatte deutlich gesehen, dass der junge Drache ein grünes Halstuch bekommen hatte. Er trug den Zauberstoff. Er war eines der stärksten Wesen Aramsis. Was Bardur sagte, stimmte: Dieser Drache würde jeden abwerfen, der auf ihm zu reiten versuchte. Es gab keine Hoffnung.

»Nur ich . . .«, hörte sie die Stimme des Weißbartgnoms. Die Unsicherheit hatte sich vollständig daraus verloren, er klang vergnügt. »Nur ich könnte euch retten. Wollt ihr nicht wissen, was ich hier in meiner Tasche habe?«

Finja hielt es nicht mehr aus. Sie wand ihre Hand aus Katis Umklammerung und drehte sich um.

»Was denn?«

»Hier drinnen ist . . .«, Bardur zog jedes Wort genussvoll in die Länge, »hier drinnen ist . . . ein schwarzes Gewand!«

»Was?«

Finja hatte das Gefühl, als hätte ihr jemand einen Schlag in die Magengrube verpasst. Ein schwarzes Gewand war die gefährlichste Waffe Aramsis! Wer ein schwarzes Gewand trug, dem war es möglich, jedes aramsische Wesen mit einem Blick zu versteinern. Und das war noch nicht alles. Denn wenn ein Mensch, der träumend nach Aramsi blickte, bei dieser Versteinerung zusah, dann erstarrte auch er. Seine Gedanken fanden nicht mehr aus seinem Traum heraus in die wirkliche Menschenwelt.

Finja hatte bei ihrem letzten Aufenthalt alles darangesetzt, dass es eine solche Waffe in Aramsi nicht geben würde. Dafür war sie in die unterirdische Burg hinabgestiegen. Dafür hatte sie gefährliche Abenteuer bestanden, war über spitze Felsen geflogen, an Geistern vorbeigeschlichen, durch den Düsterwald geflohen –

Und jetzt sollte ein solches schwarzes Gewand in der Tasche ihres Feindes stecken?

»Es gibt kein schwarzes Gewand!«, sagte sie fest. »Itzika hat weder die Spinne, die den Faden liefert, noch Menschenhaar!«
»Wer spricht denn von Itzika?«
»Aber ...«
»Aber was? Könnte sich nicht jemand anderes ein hübsches Stück schwarzen Stoffes weben?« Er grinste. Er grinste so breit, dass es Finja wehtat. Es kam ihr vor, als habe Bardur ihr seine Hände um den Hals gelegt und drücke langsam zu. Ihre Stimme gehorchte kaum.
»Wer? Niemand hat einen Faden der Spinne. Niemand!«
»Was macht dich so sicher? Warum sollte nicht ein lieber, netter Weißbartgnom, der einmal in der Zauberweberei gearbeitet hat, für sich selbst ein paar Fäden abgezweigt haben?« Spucke tropfte ihm aus dem Mund, als er jetzt weitersprach. »Oder besser gesagt, ein paar Knäuel?«
Finjas Knie wurden weich. Sie spürte, dass Bardur die Wahrheit sagte. Es passte alles zusammen. Er hatte in der Zauberweberei gearbeitet. Zweifellos hätte er sich unbemerkt den Faden besorgen können.
»Aber das Menschenhaar!«, schmettert sie ihm entgegen. Denn alle Zauberstoffe entfalteten nur dann ihre Wirkung, wenn Menschenhaar mit eingewoben war.
»Auch davon gab es ein Lager in Mormis Weberei. Ich habe mich unauffällig bedient!«

»Ich glaube dir nicht!«, rief Finja trotzig. »Warum ziehst du das Gewand dann nicht an? Warum trägst du es in der Tasche?«
Ein Zucken lief durch Bardurs breites Gesicht. Finja erkannte, dass sie ihn zum ersten Mal getroffen hatte. Hoffnung stieg in ihr auf. Vielleicht bluffte er doch.
»Ich kann nicht«, antwortete Bardur gequält. »Ich habe es schon einmal getragen und dann ausgezogen. An mir wird es nie mehr wirken.«
Finjas Herz setzte einen Schlag aus. Bardur hatte das Gewand schon einmal getragen? Ob dadurch jemand zu Schaden gekommen war? Das Bild ihres Onkels schoss ihr durch den Kopf. Onkel Ulrich, der in seinem Traum gefangen war und nicht mehr in die Wirklichkeit zurückfand. Sollte er ...?
Doch ihr blieb keine Zeit, länger darüber nachzudenken.
»Du bluffst!«
»Nein, ich zeige es dir.« Er griff in die Tasche und zog etwas Dunkles heraus. Es war ein weit geschnittenes Hemd ohne jeden Zierrat. Schlicht und gerade – und vollkommen schwarz.
»Ich verkaufe es euch. Ich bekomme die Spange – ihr das Gewand. Ihr könnt dann den Drachen versteinern und alle sind gerettet!«

Finja starrte das Hemd an. Sie fröstelte. Sie wünschte sich nur eines: dass es dieses Hemd nicht gäbe. Sie konnte nicht über

Bardurs Vorschlag nachdenken. Bei der bloßen Vorstellung, dass jemand dieses schreckliche Hemd anziehen sollte, sträubte sich alles in ihr. Sie schüttelte den Kopf.

»Macht euch nichts vor. Es ist die einzige Möglichkeit, Zatran vor der vollständigen Verwüstung zu bewahren!«

»Nein!« Finja konnte nicht anders.

»Gut«, antwortete Bardur. Seine dunklen Augen begannen wütend zu flackern. »Dann nicht!«

Er stopfte das Hemd zurück in seine Tasche. »Es war sowieso nur eine dumme Idee. Nur eine blödsinnige Erinnerung. Nein, ich bleibe bei meinem ursprünglichen Plan.« Er grinste Finja direkt ins Gesicht. »Ihr habt es so gewollt. Anstatt Aramsi zu retten, habt ihr euch für die Zerstörung des Landes entschieden. Mir soll es recht sein. Schließlich interessieren sich auch noch andere Leute für das Gewand. Andere Leute, die sowieso viel besser zahlen können. Heute Nacht bin ich mit Itzika verabredet . . .«

Er hob die Hand und grüßte frech in Finjas Richtung. Dann drehte er sich um und rannte zu der Erdhöhle, die neben dem Baumhaus in den Boden gegraben war.

Finja sah ihm sprachlos nach.

Es dauerte eine Weile, bis Finja Katis Gerüttel und Gezerre wieder wahrnahm.

»Finja, bitte!«, drängte ihre Freundin. »Lass uns jetzt gehen, schnell. Hast du die Feuersäule gerade eben nicht gesehen? Der Drache kann jeden Moment hier sein!«

Finja hörte nicht zu. Sie war in Gedanken noch bei Bardur.

»Jetzt komm endlich!« Kati schrie.

Finja sah auf. Sie hatte ihre Freundin noch nie so aufgewühlt erlebt. Rote Flecken leuchteten in Katis Gesicht.

»Nein«, antwortete Finja. »Nein, das geht nicht.« Sie packte Kati am Ärmel. »Wir müssen Bardur hinterher. Was war ich nur für ein Idiot! Natürlich hätten wir deine Spange gegen das Kleid eintauschen müssen! Verstehst du nicht, was jetzt passiert? Itzika wird Aramsi versteinern. Die Menschen werden nicht mehr träumen können oder noch schlimmer: Sie werden nicht mehr in die Wirklichkeit zurückfinden!« Sie machte eine Pause. »Und was den Drachen angeht, hatte Bardur wahrscheinlich auch recht. Niemand wird auf ihm reiten können.« Wie eine Bestätigung ertönte das Fauchen des Drachen aus den schwankenden Höhen. »Oh Kati! Wir haben alles falsch gemacht.«

Finja war nicht sicher, ob Kati sie verstanden hatte. In Katis Augen war nur eines zu lesen: Angst.

»Finja«, sagte sie mit piepsiger Stimme, »ich will heim!«

»Ja, aber siehst du denn nicht, dass das nicht geht? Wir müssen ihn verfolgen. Wir müssen ihm das schwarze Gewand abnehmen, bevor er es Itzika verkauft. Wir müssen ... Wir dürfen vor allem nicht mehr hier herumstehen und reden.

Wir müssen ihm folgen! Jetzt sofort!« Sie drehte sich um und wollte zu der Erdhöhle laufen, doch Kati kam nicht mit. Sie schluchzte: »Ich habe solche Angst!«

»Aber Kati!« Finja sah ihre Freundin verzweifelt an.

»Ich trau mich nicht!« Kati bewegte sich keinen Schritt.

»Wir haben doch keine Wahl!«, schrie Finja.

Kati entgegnete nichts mehr, sie weinte nur still vor sich hin. Ihr Schweigen berührte Finja mehr als jedes Wort. Kati – die unentwegt plappernde Kati – fand keine Worte mehr!

Finja ging auf ihre Freundin zu und nahm sie in den Arm. »Geh heim, wenn du Angst hast. Du kennst ja den Weg. Aber ich kann dich nicht begleiten.«

»Es tut mir leid«, schluchzte Kati.

Doch Finja schüttelte den Kopf. »Schon in Ordnung.« Sie lächelte tapfer. »Eine von uns muss sich sowieso um Malmize kümmern.« Sie drückte Kati das Graupellamm in den Arm.

»Ich pass gut auf sie auf!«, schniefte Kati.

Sie drückten sich noch einmal fest. Dann hastete jede in ihre Richtung davon.

10. In Bardurs Höhle

Von außen war die Höhle nicht mehr als ein kleiner Erdhügel mit Kamin in der Mitte und einem rechteckigen Loch, das zur Straße zeigte. Dieser Eingang war mit Holzbalken abgestützt. Finja schlüpfte hindurch. Es musste Bardurs Elternhaus sein. Dak hatte ihr erzählt, dass Bardur früher mit seinen Eltern direkt neben Daks Familie gewohnt hatte. Das letzte Mal, dass sie ihn gesehen hatte, war allerdings im Düsterwald gewesen. Er hatte Dak und Finja bei ihrer Flucht vor Itzika aufhalten wollen, aber dann war er in die Fänge eines Zerpiols geraten. Wie hatte er sich befreit? Wann war er nach Zatran zurückgekehrt? Hatte Dak gewusst, dass sein Nachbar wieder da war? Fünf Stufen führten in die Höhle hinunter. Finja sah sich um. Zwei kleine Gucklöcher sorgten für ein dämmriges Licht, in dem Finja einen dicken hölzernen Tisch, ein paar Stühle und eine Truhe erkennen konnte. Weiter hinten erahnte sie eine Feuerstelle, aber die Einzelheiten verloren sich in der Dunkelheit, wie auf einer unbeleuchteten Theaterbühne. Die Höhle schien groß zu sein.

War Bardur dorthinten? Sah er sie? Wartete er nur darauf, sie zu überfallen?

Vorsichtig tappte sie weiter. Auf dem Tisch stand altes Geschirr, in einer Schale lag angebissenes Brot. Vorsichtig spähte sie nach rechts und links. Sie ging auf die Feuerstelle zu. Ein großer Topf hing über kalter Asche. Da sah sie es. Eine weiße Schlangenlinie auf schwarzem Grund. Der Bart! Er ringelte sich unter dem Topf hervor. Bardur musste direkt dahinter stehen.

Finja blieb stehen. Sie kniff die Augen zusammen, bückte sich und spähte unter dem Topf hindurch. Sie sah zwei dicke Füße, die sich auf ihren vier Zehen in die Höhe streckten. Was tat Bardur dorthinten? Suchte er etwas? Finja wagte einen weiteren Schritt. Jetzt sah sie über dem Topf Bardurs Hände, sie machten sich an den Ketten zu schaffen, an denen der Topf hing. Sie hörte ein regelmäßiges Pochen. Es dauerte eine Weile, bis Finja begriff, dass es ihr eigenes Herz war, das so laut schlug.

Sollte sie ihn ansprechen? Und dann? Ihm den ganzen Handel noch mal anbieten?

Finja öffnete den Mund. Da lief es wie ein Blitz durch sie hindurch. Die Spange! Sie hatte sie ja gar nicht mitgenommen! Sie konnte nicht mit Bardur handeln! Sollte sie zurückrennen? Hatte sie so viel Zeit? Kati war bestimmt schon in der Zauberweberei, womöglich sogar schon in der Seidenwebergasse. Andererseits: Wo sollte Bardur auch hin? Er war hier in der Höhle und leicht wiederzufinden.

Finja wandte sich um. Da sank der Topf hinunter auf den Boden. Bardur hatte ihn von den Ketten gelöst. Er hob ihn mit beiden Armen und setzte ihn ächzend auf dem Boden ab. Dann blickte er auf. Direkt ins Finjas Gesicht.

Sein Blick machte ihr Angst. Es schillerte nichts als Gier darin. Er spürte Finjas Unsicherheit und auf seinem Gesicht breitete sich ein herablassendes Grinsen aus.

»Du hast mir nicht geglaubt, was? Du hast gedacht, ich geh gar nicht zu Itzika, sondern nur in meine Höhle!« Er lachte. »Du hast gedacht, da kommt er ja gar nicht weiter!« Wieder ertönte sein Lachen. Es klang hohl und blechern, als schabe jemand mit einem Messer auf einem Knochen entlang. Finja fröstelte.

»Aber es gibt Geheimnisse in dieser Welt, von denen all die braven Aramser keine Ahnung haben, nicht mal eure wunderbare Mormi!« Er schlang seine breiten behaarten Finger um den Rand des Topfes und schob ihn beiseite, sodass die Asche sichtbar wurde. »Du hast es für eine Feuerstelle gehalten, nicht wahr? Es ist ja auch gut getarnt!«

Er rieb sich die Hände und stellte sich in die Mitte der kreisrunden dunklen Fläche. »Aber es ist ein Schattenstrudel. Geister, Trugbilder und Dunkelwesen – alle, die Itzikas Reich angehören, benutzen ihn. Er bringt dich an alle unterirdischen Orte Aramsis. Du musst dein Ziel nur in die Asche schreiben. Und ich«, er hob den Kopf und lachte noch einmal direkt ins Finjas Gesicht, »ich schreibe hier jetzt *Itzikas Burg* hinein – und dann bin ich weg.« Er streckte seinen Zeigefinger aus und begann, Buchstaben in die Asche zu zeichnen. Schon beim ersten Buchstaben begannen Asche und Staub in die Höhe zu fliegen, als wollten sie Bardur umhüllen.

»Warte!«, rief Finja. »Warte doch, du kannst die Spange haben!«

»So?« Ein überlegenes Lächeln spielte um seine Lippen. Er zog seinen Finger aus der Asche und die Staubwolke senkte sich wieder. »Habt ihr doch noch bemerkt, dass Bardurs Vorschlag der schlaueste war?«

»Ja«, beeilte sich Finja zu sagen. »Ja, das haben wir. Du bekommst die Spange, wir müssen nur . . .«

»Nur was?« Bardurs Stimme klang eiskalt und drohend.

»Meine Freundin ist schon auf dem Heimweg. Sie hat die Spange. Aber wir können sie einholen. Ganz bestimmt, es ist nicht weit . . .«

»Nicht weit?«

»Ja, wir müssen nur durch den mannshohen Spinnenkäfig in Mormis Zauberweberei . . .«
»Durch den großen Käfig? Den, der direkt neben dem Knorpbaum steht?«
»Genau«, nickte Finja eifrig. »Er führt in die Menschenwelt!«
»In die Menschenwelt? Ihr seid Menschen? Der Käfig führt aus Aramsi heraus?«
Bardur schien völlig überrumpelt zu sein. Seine Augen glotzten verwirrt. »Der große Käfig, sagst du? Der große Käfig führt in die Menschenwelt?«
»Ja«, sagte Finja. Was hatte er nur? Warum interessierte ihn der Käfig so sehr?
»Sirill«, flüsterte Bardur. »Dorthin ist sie also verschwunden.«
Sirill? Jetzt war es Finja, die staunte. Sirill, das war der Name des Schmetterlingskindes, das sie nach Aramsi geführt hatte. Was hatte Sirill mit dem Spinnenkäfig zu tun? Wieder durchrieselte sie dieses Gefühl von vorhin. Dieses innerliche Kitzeln, als ob sie der Lösung eines großen Rätsels ganz nahe sei. Finja und Bardur maßen sich mit Blicken. Was hatte Bardur mit Sirill zu tun? Was konnte er ihr verraten? Finja versuchte abzuschätzen, wie wichtig sein Wissen für sie war. Bardur sah sie an, als überlege er dasselbe.
»Komm doch mit«, lockte Finja. »Wir gehen hinüber in die Menschenwelt. Dort bekommst du die Spange!«

Bardur lachte höhnisch. »Mitgehen? In die Menschenwelt? Woher weiß ich, dass das keine Falle ist? Vielleicht wollt ihr mich nur in den Käfig sperren? Oder in der Menschenwelt lauern Hunderte von euren Kumpanen und fesseln mich? Nein, nein, so leicht kannst du mich nicht hinters Licht führen!«

»Aber du willst doch die Spange!«

Eine Flamme der Gier leuchtete in Bardurs Augen auf. »Ja, die will ich«, knurrte er. Dann schlang er blitzschnell seinen Arm um Finja. »Aber wird sie mir deine Freundin nicht von selber bringen, wenn ich dich als Geisel nehme?«

Finja spürte Bardurs Unterarm dicht an ihrem Hals. Er war kräftig. Sie sah dicke schwarze Haare auf den geschwollenen Muskeln ganz nah vor ihren Augen. Warum sind sie schwarz, wo doch sein Bart so weiß ist, fragte sie sich und gleichzeitig wunderte sie sich, dass sie sich in einer derart bedrohlichen Situation solche Fragen stellte.

Wird deine Freundin nicht kommen?, hallte es in ihr nach. Sie schluckte. Sie spürte einen Kloß im Hals. Würde Kati kommen?

»Nein«, sagte Finja hoffnungslos. »Sie wird nicht kommen. Sie wird dir die Spange nicht bringen. Du musst mit mir kommen!«

»So leicht gehe ich dir nicht in die Falle«, höhnte Bardur. »Ich habe Zeit zu warten. Oder interessiert sich denn gar niemand für dich?«

Finja spürte, wie ihr die Tränen in die Augen schossen. Natürlich würden ihre Eltern sie irgendwann vermissen. Natürlich würden sie ganz Almsbach auf den Kopf stellen, die Polizei alarmieren, die Wälder hinter der Stadt durchstreifen. Aber nach Aramsi? Nach Aramsi würden sie nicht kommen.
Finja holte tief Luft und sagte so spöttisch wie möglich: »So? Hast du wirklich Zeit? Das kann ich mir kaum vorstellen. Der Drache wird kommen und alles zermalmen! Er wird dich verschlingen!«
Bardur lachte. »Der Drache! Die da oben mögen sich fürchten. Aber wer unterirdisch wohnt, braucht keine Angst vor einem Drachen zu haben. Wie sollte er in die Höhle gelangen? Wie in Itzikas Burg? Haha! Der Drache! Der Drache stört mich nicht im Mindesten.«
»Aber auch du bist ein Wesen Aramsis!«, rief Finja mit letzter Kraft. »Auch du brauchst den Traumstaub – und wenn er die Traumstreicher verschlungen hat, wird es keinen neuen mehr geben!«
»Keinen neuen – da hast du recht«, flüsterte Bardur höhnisch. »Aber jede Menge alten, den kein Aramser mehr atmet, da sie alle dem Drachen zum Opfer gefallen sind! Ich kann mich bedienen. Für meine Lebenszeit reicht aus, was dort oben auf der Straße liegt!«
»Aber ...« Finja brach in Schluchzen aus. Ihr fiel keine Entgegnung mehr ein. Und die Vorstellung, dass dort oben nie-

mand mehr leben sollte, der den glitzernden Traumstaub atmete, ließ sie erschauern. Sie winselte vor sich hin, als Bardur sie mit hineinzog in den Kreis aus Asche und Staub.

11. Der Schattenstrudel

Es herrschte eine bedrohliche Stille. Von draußen war nicht das leiseste Geräusch zu hören und auch in der Höhle regte sich nichts. Niemand wird dir helfen, niemand wird dir helfen, pochte es in Finjas Kopf.

Bardur hatte sich gebückt und zeichnete mit der einen Hand Buchstaben in die Asche, den anderen Arm hatte er noch immer um Finjas Hals geschlungen. So wurde sie schmerzhaft nach hinten gezogen. Ihr Rücken krümmte sich wie ein gespannter Bogen und mit den Füßen musste sie ständig hin und her trippeln, um das Gleichgewicht zu halten, wenn der schreibende Bardur an ihrem Hals rüttelte.

Schon bei den ersten Buchstaben hob sich die Asche aus dem Rund der Feuerstelle. Der Staub begann, um Finja und Bardur herumzuwirbeln. Sie musste husten. Helle Schatten stiegen auf, die Finja an die Geister erinnerten, die sie auf ihrer letzten Reise in Itzikas unterirdischer Burg gesehen hatte. Sie wollte nicht wieder dorthin! Nein, auf gar keinen Fall! Mit beiden Händen griff sie nach dem dicken Arm des Gnoms und zerrte daran – doch das einzige Ergebnis war, dass Bardur noch fester zudrückte. Er nahm ihr fast die Luft. Finja ließ los. Sie kniff die Augen zusammen, um den Staub und die Schatten nicht sehen zu müssen.

Aber dann tanzten vor ihrem inneren Auge Itzikas Geister und Trugbilder. Sie war darauf gefasst, jeden Moment die klagenden, jaulenden Stimmen zu hören. Da drang etwas anderes an ihr Ohr. Gemurmel, leises, aber sehr vertrautes Gemurmel.

»Sie muss ja irgendwo hier sein, meinst du nicht auch, Malmize? Sie kann ja nicht einfach von der Höhle verschluckt worden sein.«

»Kati! Ich bin hier!« Finja öffnete die Augen. Um sich herum wirbelte die Asche, helle Schatten drehten sich zu einem schneller werdenden Strudel. Wo war sie? Schon in Itzikas Burg?

Das konnte nicht sein. Sie hörte ja noch Katis Stimme. Und sie meinte auch, durch die Nebelwand eine Figur zu sehen, die auf den Schattenstrudel zurannte. Sie spürte, dass Bardur sich noch bückte und schrieb. Sie waren noch in der Höhle. Es war noch nicht zu spät.

»Bardur!«, rief sie. »Warte! Kati bringt die Spange!«

Zuerst merkte sie, dass der Schmerz in ihrem Rücken nachließ. Bardur hatte sich aufgerichtet. Finja konnte nun wieder gerade stehen. Die Wolke fiel in sich zusammen, der Staub rieselte zu Boden und hinter dem grauen Regen sah sie das vertraute Gesicht ihrer Freundin.

Kati!, dachte Finja erleichtert. Jetzt wird alles gut.

Da spürte sie einen Stoß im Rücken. Bardur bugsierte sie unsanft aus dem Aschekreis heraus. Er hielt sie noch immer fest, als er sich höchst zufrieden vor Kati aufbaute.

»Na also«, dröhnte er und streckte die Hand aus. »Gib mir die Spange!«

Kati zitterte. Im Arm trug sie Malmize. Ihre Hand hatte sich tief in deren Wolle gegraben. Ihr Gesicht war weiß. Auch aus ihren Lippen war jede Farbe gewichen. Aber als Kati jetzt den Mund öffnete, klang ihre Stimme fest. »Lass erst Finja los!«

»Gleichzeitig«, meinte Bardur. Doch Finja spürte schon, wie sein Arm sich lockerte und seine Finger ungeduldig auf ihrer Schulter zu klopfen begannen. Das war die Gier, das ungeduldige Verlangen. Da war sich Finja sicher. Lange hielt es der Weißbartgnom nicht mehr aus.

Kati schien das auch zu spüren. Unbeugsam antwortete sie: »Du lässt Finja los, dann tauschen wir die Spange gegen das Gewand.«

Der klammernde Arm um Finjas Hals löste sich. Bardur gab

ihr einen weiteren Stoß in den Rücken und sie stolperte auf ihre Freundin zu.

Gemeinsam starrten sie nun in Bardurs Gesicht. Seine Augen flackerten. Er stierte auf die Spange, die Kati schon aus ihren Haaren gelöst hatte und in der Hand hielt.

»Jetzt, gib her!«, presste er hervor, schälte sich umständlich aus seiner Umhängetasche, nahm sich nicht einmal die Zeit, das schwarze Gewand herauszunehmen, sondern streckte Kati ungeduldig die Tasche entgegen. »Spange gegen schwarzes Gewand.«

Kati nickte. Sie setzte Malmize auf den Boden, griff nach der Tasche und gab ihm gleichzeitig mit der anderen Hand die Spange.

»Jetzt hab ich sie!« Ein wilder, gurgelnder Schrei brach aus Bardur hervor. So laut und ungestüm, dass Finja gar nicht merkte, wie Kati zusammenzuckte, als sie die Tasche entgegennahm.

»Sirill! Jetzt entkommt sie mir nicht mehr! Ich habe sie! Und bald gehört mir alles, was ich will!«

»Sirill? Wieso Sirill?« Vor Staunen vergaß Finja alle Angst und Aufregung. Sie starrte Bardur fassungslos an. Konnte der Weißbartgnom denn nicht sehen, dass es nur eine Figur war? Eine silbrige Figur, eine Haarspange – und keineswegs ein lebendiges, quirliges Schmetterlingskind?

Bardur grinste. »Aber sicher, das ist Sirill. Die versteinerte Sirill!«
Versteinert! Finja hatte das Gefühl, als begännen sich wieder Nebelwolken um sie herum zu drehen. Die versteinerte Sirill! Das war es also. Hier war das versteinerte Wesen, das ihren Onkel Ulrich mit in die Gefangenschaft gerissen hatte. So nah war es gewesen! Ulrich hatte bei Sirills Versteinerung zugesehen. Darum hatte sie ihn in seiner inneren Gefangenschaft erreicht, als sie ihm die Figur beschrieben hatte! Sirill war es, die er die ganze Zeit sah! Oder?
Wie aus weiter Ferne hörte sie die jubelnde, gurgelnde Stimme des Weißbartgnoms.
Er schwenkte die Spange in seiner Hand und vor lauter Begeisterung strömten die Worte nur so aus ihm heraus. »Ich selbst habe sie damals versteinert. Weil sie mir immer entwischt ist. Das Biest. Sie flattern so schnell, diese kleinen Schmetterlingsdinger. Und ich konnte sie doch immer nur für die Zeit eines Lächelns betören. Wisst ihr, wie kurz so ein Schmetterlings-Lächeln ist? Das lohnt sich gar nicht.«
Finja erinnerte sich, dass Dak ihr von den Westen der Weißbartgnome erzählt hatte: die Zauber-Westen aus Mormis Weberei befähigten die Weißbartgnome, anderen ein Lächeln ins Gesicht zu zaubern. Damit also hatte er Sirill ködern wollen. Aber warum?
»Ich konnte ihr dieses verflixte Mäntelchen nicht so schnell

ausziehen. Das ging nicht!! Viel zu schnell ist sie immer davongeflattert! Ich wäre noch verrückt geworden, wenn ich nicht diesen wunderbaren Einfall mit dem schwarzen Gewand gehabt hätte!!! Ich habe sie versteinert! Jetzt kann sie nicht mehr davonfliegen! Jetzt ziehe ich ihr den Mantel aus und dann kann ich mir herbeiwünschen, was ich will!!!«

Langsam setzte sich in Finjas Kopf die Geschichte zusammen. Die Schmetterlingswesen trugen Zaubermäntel. Und mit diesen Mänteln konnte man sich alles herbeiwünschen, was man sich nur vorstellen konnte. Kein Wunder, dass der gierige Weißbartgnom es ausgerechnet darauf abgesehen hatte!

»Jaja, Sirill hat gedacht, sie könne mir davonflattern und in der Zauberweberei ein sicheres Leben führen! Aber ich habe ebendort mein schwarzes Gewand übergezogen! Wenn nur dieser Knauerkauz nicht um die Ecke gekommen wäre. Dann wäre ich schon längst das reichste Geschöpf von ganz Aramsi. Hätte ein Schloss und Diener und goldene Teller und silberne Kutschen und seidene Kissen und überhaupt alles, alles, alles. Aber dieser Schwachkopf hat alles zerstört. Ich musste die versteinerte Sirill verstecken. Er hätte es doch sonst Mormi gemeldet! Also habe ich sie schnell in den leeren Spinnenkäfig geworfen, mein schwarzes Gewand ausgezogen und bin nach Hause geeilt. Doch am nächsten Tag war sie verschwunden! Nur blaues Geflimmer! Nur Traumstaub!«

Er warf klagend die Arme in die Höhe und trampelte wütend auf dem Boden herum. Finja und Kati wichen unwillkürlich zurück. Der tobende Bardur war furchterregend. Sie wollten ihm in seiner Wut nicht unter die Finger geraten. Malmize schmiegte sich ängstlich an ihre Beine.

»So kurz vor dem Ziel! Ich hätte ihr nur noch den Mantel abnehmen müssen! Und dann war sie weg!« Er fletschte die Zähne und spuckte erbittert aus. Kati und Finja drängten sich in eine dunkle Ecke und kauerten sich hinter eine hölzerne Truhe. Malmize kletterte auf Katis Schoß.

Von hier aus konnten sie beobachten, wie der Weißbartgnom sich langsam wieder beruhigte. Er blickte in seine Hand, warf die Spange in die Höhe und fing sie wieder auf. »Aber jetzt habe ich sie ja!«

Er riss die versteinerte Sirill von der Spange ab. Er packte sie fest mit der einen Hand und wollte ihr mit der anderen das glitzernde Mäntelchen von ihren Schultern zerren. Wutgeheul ertönte: »Es ist fest! Es ist mitversteinert! Ich bin betrogen!«

Finja und Kati zogen ihre Köpfe nach unten und versteckten sich ganz hinter der Truhe.

»Wo sind die Mädchen, die mir ein unbrauchbares Schmetterlingskind angedreht haben? Ich will das schwarze Gewand zurück!«

Mit Geheul rannte er an ihnen vorbei. »Wo sind sie?« Er

stürmte zum Eingang der Höhle. Finja und Kati hielten sich zitternd an den Händen. Sie wagten nicht, ihm zu folgen. Sie wagten nicht, über die Truhe zu spähen.
Doch dann hörten sie einen markerschütternden Schrei, gefolgt von grässlichem Fauchen. Die Höhle verdunkelte sich. Kaum Licht fiel mehr durch die Gucklöcher und den Eingang. Was war geschehen? Vorsichtig krochen sie hinter ihrer Truhe hervor und tappten durch die fast schwarze Höhle zum Eingang: Ganz dicht davor sahen sie die grünlichen Schuppen am Bauch des jungen Drachen. Er brauste dicht über den Häusern Zatrans entlang. Die Krallen schürften am Dach des Nachbarturms entlang, der mächtige Schwanz wischte das gegenüberliegende Zelt einfach davon. Kati und Finja hielten den Atem an.

Als der Drache über die Stadt hinweggezogen war, spähten sie vorsichtig auf die Straße. Einige Häuser lagen in Trümmern – von Bardur war nichts mehr zu sehen.
Finja starrte auf die Trümmer und fand keine Worte.
»Meinst du, er ist tot?«, flüsterte Kati irgendwann.
Finja zuckte die Schultern. »Ich weiß nicht.« Sie wandte den Kopf der Freundin zu. »Aber wir könnten tot sein, wenn wir noch länger draußen gewesen wären.« Sie schluckte. »Du könntest tot sein, weil du umgedreht und mir gefolgt bist.« Sie umarmte Kati und flüsterte: »Danke!«

»Schon in Ordnung«, murmelte Kati. Sie musste sich räuspern, weil ihre Stimme ein wenig gezittert hatte. Dann sagte sie so laut wie möglich: »Was machen wir jetzt?«

Um Finjas Herz herum begann es zu kribbeln. Eine Welle des Glücks breitete sich in ihr aus. »Du bleibst?«

Kati nickte.

»Hast du keine Angst mehr?«

»Doch«, antwortete Kati langsam. »Aber ich habe ein Mittel dagegen gefunden!«

»Was denn?«

Ein Grinsen entstand auf Katis Gesicht, so breit, dass es Finja sogar in dem düsteren Licht erkennen konnte. »Reden!«

Finja lachte. Kati stimmte ein. Finja legte der Freundin den Arm um die Schultern und flüsterte ihr zu: »Merkst du was? Lachen hilft auch!«

Tatsächlich schien auf einmal alles viel leichter. Malmize kam zu ihnen gesprungen und blökte. Die Mädchen plauderten, als hätten sie sich wochenlang nicht gesehen.

»Du warst ganz schön cool, als du mit Bardur verhandelt hast!«, sagte Finja und ahmte Kati nach: »Erst lässt du Finja los!«

»Klang das mutig? In Wahrheit hab ich mich gefühlt wie die Maus vor der Katze.«

»Das hat man nicht gemerkt. Überhaupt nicht.«

»Weißt du, ich musste immer in seine Augen schauen, die ha-

ben so geschillert. Erst hat mir das fürchterlich Angst gemacht. Aber dann habe ich gemerkt, dass seine Gier ihn schwach macht.«
Finja nickte. »Genau!«, sagte sie und trat näher an Kati heran. »Aua!«, schrie sie dann. Ein eiskalter, stechender Schmerz war ihr durch den Arm gefahren. Als ob jemand einen Eiszapfen hineingebohrt hätte.

Sofort war alle Leichtigkeit dahin. Finja wandte sich erschrocken um, auf der Suche nach jemandem, der ihr diesen Schmerz zugefügt hatte.
»Was ist?«, fragte Kati.
»Das war grad wie ein tiefer Stich. Wie ein eiskalter Stromschlag. Durch den ganzen Arm ist die Eiseskälte geschwappt!«
»Ich weiß, was es ist!« Katis Stimme klang bang. »Die Tasche. Du hast die Tasche mit dem schwarzen Gewand berührt. Mir ging es auch so, als Bardur sie mir in die Hand gedrückt hat.« Sie ließ den Träger von der Schulter rutschen, öffnete die Tasche und sah hinein. Sie schüttelte sich und schloss die Tasche schnell wieder. »Es wird einem sogar kalt, wenn man es nur anschaut.« Sie streckte die Tasche Finja entgegen.
Ein kalter Luftzug streifte Finja. Es war gruselig. »Komm, lass das«, sagte sie.

Kati gehorchte. »Aber eigentlich ...«, begann sie, »eigentlich musst du es jetzt anziehen.«

»Ich?«

»Ja, wer denn sonst? Hier ist keiner! Was bleibt uns denn übrig? Wir haben das schwarze Kleid besorgt, um den Drachen zu versteinern. Jetzt müssen wir das auch zu Ende bringen!«

Finja starrte die Tasche an. Sie wollte nicht. Sie wollte es nicht sehen, nicht berühren, erst recht nicht anziehen.

»Wir wissen nicht, was dann passiert.«

»Wie meinst du das?«

Eine heftige Verteidigungsrede brach aus ihr hervor. »Na ja, wer weiß, vielleicht versteinert es nicht nur den Drachen, sondern auch die Wolken und den rieselnden Traumstaub und was weiß ich. Überhaupt kann es gut sein, dass ein Mensch zuschaut, ein Mensch, der gerade von Aramsi träumt. Und dann? Dann können wir den demnächst zusammen mit Ulrich besuchen.«

»Aber Bardur hat doch gesagt, dass ...«

Finja wurde jetzt richtig kämpferisch. »Meinst du wirklich, wir sollten Bardur in so einer wichtigen Frage trauen? Ich finde, wir beide allein sollten nicht einfach solche gefährlichen Sachen ausprobieren!«

»Finja, es war dein eigener Plan!« Kati sah ihr so erstaunt in die Augen, dass Finja schwieg.

Kati hatte ja recht. Aber alles in ihr sträubte sich. Sie blickte ihre Freundin traurig an und flüsterte: »Ich will das Kleid nicht anziehen.«
»Weißt du eine bessere Möglichkeit?«
Finja war schon dabei, den Kopf zu schütteln. Doch dann hielt sie inne. »Ja! Ich habe eine bessere Idee!« Sie nahm Kati an der Hand und zog sie zurück in die Tiefen der Höhle.
»Was ist los? Was hast du vor?«
Finja blieb vor der Feuerstelle stehen. »Der Schattenstrudel bringt einen an jeden unterirdischen Ort Aramsis. Und eins ist klar: Der Keller des Traumstreicherklosters liegt unterirdisch!!!«

Gemeinsam stiegen die beiden Mädchen in den Kreis aus Asche. Finja bückte sich. Sie begann, mit dem Finger Buchstaben zu zeichnen: »In den ...« Schon erhob sich die Asche um sie herum, der Staub wirbelte auf. Finja schrieb weiter »... Keller des ...« Immer dichter wurde die Wolke um sie herum. Als Finja beim letzten »s« angelangt war, spürte sie, wie der Boden unter ihren Füßen nachgab. Sie schrie auf und krallte sich an Katis Schulter fest. Dann wurde sie von einem enormen Strudel in die Tiefe gesogen.

12. Teppichtürme

Als der Sog nachließ, spürte Finja wieder Boden unter den Füßen. Es roch feucht und muffig.

»Kati? Ich glaube, wir sind da.«

Langsam erkannte Finja im Dämmerlicht schwankende Türme. Sie waren riesig. Finja musste ihren Kopf weit in den Nacken legen, um die Gipfel zu sehen.

»Das sind ja Teppichstapel!«, rief sie aus.

»Es müssen Dutzende sein!«, warf Kati ein.

Finja drehte sich um und sah auch auf der anderen Seite einen riesenhaften Stapel neben dem anderen. In der Schlucht dazwischen standen sie.

Finja hob den Kopf erneut. Über den Teppichbergen erahnte sie das Kellergewölbe wie einen verhangenen Himmel.

»Meinst du, Mormi ist überhaupt noch da?«, fragte sie Kati.

»Keine Ahnung«, Kati zuckte die Schultern. »Wir müssen sie eben suchen.«
Sie marschierten los. Eine Schlucht nach der anderen schritten sie ab.
»Mormi!«, riefen sie, so laut sie konnten. »Großweberin, wo seid ihr?« Doch sie erhielten keine Antwort. Nicht einmal Malmize blökte – sie war in Katis Armen eingeschlafen.
»Sind wir hier nicht schon einmal vorbeigekommen?«, fragte Kati, als sie an einem Abhang aus verrutschten Teppichen vorbeigingen.
»Ich weiß nicht«, antwortete Finja unsicher. Sie fragte es sich schon eine ganze Weile. In dem trüben Licht sah alles so gleich aus. Rechts schattige Teppichtürme, links schattige Teppichtürme. »Sollten wir nicht lieber nach dem Ausgang suchen? Ich glaube, sie ist nicht mehr da!«
Kati nickte. »Wahrscheinlich hast du recht«, sagte sie, »sie hätte uns hören müssen!«
»Lass uns immer an der Wand entlanggehen. Dann müssen wir irgendwann auf den Ausgang stoßen.«
»In Ordnung.« Tastend gingen sie geradeaus, bis sie an der Wand angekommen waren. Jetzt tappten sie an ihr entlang weiter. Immer geradeaus, immer geradeaus . . .
Doch sie fanden keine Tür, keinen Torbogen, keine Treppe.
»Finja, ist das nicht komisch . . .?«
»Ach, wir haben eben Pech und sind in die falsche Richtung

gegangen. Aber irgendwann muss ja ein Ausgang kommen!«
»Meinst du nicht, dass wir schon einmal im Kreis gegangen sind?«
Finja zuckte ratlos mit den Schultern. »Eine Taschenlampe wäre gut!«, sagte sie und lächelte die Freundin entschuldigend an.
»Vielleicht sollten wir durch den Schattenstrudel zurück in Bardurs Höhle?«
»Glaubst du, wir finden ihn wieder?« Finja schaute sich den Kellerboden an. Er war grau. Grau und staubig. Ein Kreis aus grauer Asche konnte überall sein – und nirgends.
Sie setzten sich auf eine Ladung herabgerutschter Teppiche und öffnete ihren Rucksack. Sie holte die Schokolade heraus und brach für jeden einen Riegel ab. Beide aßen hingebungsvoll. Es schmeckte so süß und so sehr nach zu Hause.
Wie viel Zeit wohl dort vergangen war?, fragte sich Finja. Bestimmt war noch nicht einmal der Tag vorüber, an dem Kati und sie aufgebrochen waren, beruhigte sie sich. Sie hatten noch viel Zeit, bis sich jemand Sorgen machen würde. Und hier? »Was meinst du, wie viel Uhr es ist?«
»Bestimmt schon Abend«, antwortete Kati.
»Oder längst tiefe Nacht«, mutmaßte Finja.
Ein Donner grollte im Keller. Ein lauter Knall folgte. Finja

fuhr auf. Keine zwei Meter neben ihr waren mindestens zwanzig schwere Teppiche gelandet.
»Mannomann. Die hätten uns locker erschlagen!«, hörte sie Katis zitternde Stimme neben sich.
»Ja, hätten sie«, murmelte Finja abwesend. Die Teppiche waren ihnen vor die Füße gerutscht.
»Da guck mal, wie dick die sind!«, meinte Kati »Kein Wunder, dass man darin versinken kann!«
»Wir klettern hoch!«, rief Finja. »Über diesen Hang aus abgerutschten Teppichen. Das müsste doch gehen! Von oben entdecken wir vielleicht den Ausgang!«
Kati nickte. Sie stand auf und setzte Malmize, die noch ein wenig verschlafen blinzelte, vorsichtig auf den Boden. Das Graupellamm begann sofort, den Hang hinaufzuspringen – auf schwankenden Hügeln fühlte es sich zu Hause. Finja und Kati folgten. Der Hang endete an einer steilen Wand aus Teppichen. Höher hinaus konnten die Mädchen nicht klettern. Sonderlich weit konnten sie von dieser Stelle nicht sehen. Sie entdeckten weder eine Tür noch eine Treppe, die aus dem Keller hinausgeführt hätte.
Weit über ihnen ertönte ein leises Blöken.
»Malmize!«, rief Kati.
Wieder blökte es. Kati wollte erneut rufen, aber Finja legte ihr den Finger auf den Mund. Sie hatte noch etwas anderes gehört. Jetzt lauschte sie gespannt. Eine Frauenstimme.

»Was machst denn du hier, kleines Graupellamm?«
Das war Mormi!
»Mormi!« – »Verehrte Großweberin!« – »Mormi!« Finja und Kati riefen, so laut sie konnten. Sie sprangen auf ihrem Teppichstapel in die Höhe und winkten.
»Wer ist da?«, hörten sie Mormis Stimme.
»Ich bin es, Finja! Und meine Freundin Kati aus der Menschenwelt!«
»Wartet! Ich komme zu euch!« Eine Strickleiter fiel zu ihnen herunter und kurz darauf erschien die Großweberin.

Mormi war klein. Sie überragte Finja kaum. In ihren grauen Kleidern, mit der grauen Haut und den grauen Haaren konnte man sie im Dämmerlicht schlecht erkennen – und trotzdem hätte es für Finja in diesem Moment keine beeindruckendere Erscheinung geben können. Das lag nicht nur an Mormis Ausstrahlung. Sie verströmte eine solche Kraft, dass Finja das Gefühl hatte, als habe sie nach einer langen Seefahrt endlich Land erreicht. Jetzt konnte sie die ganze Verantwortung abgeben. Mormi würde entscheiden, was sie tun sollten.
Mormi kletterte die letzten Stufen hinab und nahm die Mädchen nacheinander in die Arme.
»Haben Sie . . .«, Finja unterbrach sich. Sie suchte nach der korrekten Anrede. Wie hatte Dak mit Mormi gesprochen?

»Habt Ihr das Bild gefunden?«, sagte sie dann. »Wisst Ihr, wie der Drache gezähmt werden muss?«
Zitternd wartete sie auf eine Antwort. *Ja, es ist ganz leicht . . .,* flüsterte ihre innere Stimme.
Aber Mormis Antwort lautete anders. »Nein«, sagte sie. »Ich habe das Bild nicht gefunden.«
»Aber . . .«, begann Finja. *Aber Ihr seid Mormi, die Großweberin, Ihr könnt doch alles!,* wollte sie sagen. Doch dann fiel ihr auf, wie kindisch ihr Ärger war.
Sie schluckte. »Werdet Ihr weitersuchen?«
Mormi schöpfte tief Atem. »Ich weiß es nicht. Es scheint viel passiert zu sein, während ich in die Vergangenheit geschaut habe. Wie kommt ihr hierher? Was wisst ihr von dem Drachen? Erzählt es mir!«
Finja und Kati sprachen abwechselnd. Sie erzählten von ihrem Traum und von Daks Plan. Sie erzählten von Bardurs Vorschlag und von der Verfolgung. Mal fügte die eine etwas hinzu, mal unterbrach die andere. Zwischendurch blökte Malmize zustimmend und Finja dachte, dass das Graupellamm wahrscheinlich doch alles verstand.
Zum Schluss sagte Finja: »Jetzt sind wir hier. Wir haben das schwarze Gewand dabei und wir hoffen, dass Ihr uns weiterhelft.«

Mormis Miene wurde umso besorgter, je länger sie zuhörte. »Reiten!«, sagte sie. »Auf einem Drachen reiten – das ist in der Tat unmöglich.« Sie seufzte tief. Das Geräusch brannte Finja in der Seele. Es machte ihre letzten Hoffnungen zunichte. Angstvoll sah sie in Mormis Gesicht.

Die Großweberin spürte es. Sie lächelte die Kinder an, aber es war ein gezwungenes Lächeln. »Auf jeden Fall danke ich euch!«, rief sie aus. »Ihr habt alles richtig gemacht. Ihr habt mich gerettet. Denn ohne Malmize, die mir das Ohr angeknabbert hat, wäre ich im Anblick der Vergangenheit versunken! Und ihr habt das Bild der Drachengeburt mitgebracht! Ganz Aramsi ist euch zu Dank verpflichtet.« Sie schwieg.

Finja ließ sie nicht aus den Augen. Warum sagte sie nichts zum schwarzen Gewand? Was bedeutete der sorgenvolle Blick?

»Ja, aber was soll denn nun geschehen?«, rief sie schließlich verzweifelt. »Ist es auch für die Scherwekas unmöglich, auf dem Drachen zu reiten? Hat Bardur recht und das schwarze Gewand ist die einzige Lösung? Oder gibt es gar keinen Weg?«

»Bardur hat recht«, sagte Mormi.

Finja starrte die Großweberin an. Sie fühlte wieder diesen eiskalten Schmerz, obwohl sie dieses Mal die Tasche gar nicht berührt hatte. Auch Kati zitterte, Malmize blökte kläglich.

Und wenn Finja nicht alles täuschte, sah sie auf Mormis grauen Armen eine Gänsehaut.
Sie riss sich zusammen. Für jedes einzelne Wort der nächsten Frage musste sie sich überwinden: »Es muss also jemand das schwarze Gewand anziehen?«
Mormi nickte.
»Ist das nicht gefährlich?«
»Es ist gefährlich«, bestätigte die Großweberin. »Aber wir werden gut aufpassen.« Sie fasste Finjas Kinn und schaute ihr ins Gesicht. »Vertraue mir!«
Der Blick ließ Finja verstummen. Sie schloss die Augen und atmete tief ein. Im Grunde war es ja genau das, was sie wollte. Mormi vertrauen und selber für nichts mehr verantwortlich sein. Irgendjemand würde das schwarze Gewand anziehen.
Mormi nahm ihre Strickleiter und warf sie mit Schwung in die Höhe. Dann legte sie jedem Mädchen eine Hand auf die Schulter. »Kommt, wir haben keine Zeit zu verlieren.« Irgendwo im Deckengewölbe fanden die Zauberseile Halt und machten sich fest.
»Gibt es keine Treppe?«, fragte Kati.
»Nein«, Mormi schüttelte den Kopf. »In den und aus dem Keller des Klosters führt nur meine Zauberleiter.«

13. Die Versteinerung

Die Traumstreicher standen dicht zusammengedrängt auf dem Weltenteppich im Kuppelsaal des Klosters. Der kreisrunde Teppich lag direkt unter der gläsernen Kuppel und das Morgenlicht beleuchtete ihn.

Die unsichtbar machenden Kapuzen der Zauberkutten lagen schlaff und unnütz auf den gebeugten Rücken. Alle Traumstreicher waren zu sehen. Und alle versuchten, einen Blick auf denselben Fleck auf dem Weltenteppich zu erhaschen. Auf den, der Mormi bei ihrer Suche zeigte.

Zwischen die Beine eines mächtigen Baumriesen hatte sich ein Fingerling gedrängt. An den gelben Haarspitzen eines Knauerkauzes hangelte sich ein Graufünkchen entlang und war froh über die gute Sicht von oben. Ein Mondscheingraber und ein Feuerteufel streckten ihre Köpfe durch die vielen

dünnen Arme und Beine einer Rieselrune, während eine Prankenhexe auf ihrem Besen über der ganzen Versammlung schwebte.
Diejenigen, die nichts sehen konnten, trippelten unruhig hin und her und hielten nur mit Mühe ihre Fragen zurück. Im Kuppelsaal des Klosters durfte nicht gesprochen werden. Sonst fielen die lebendigen Bilder des Weltenteppichs sofort in sich zusammen. Einen Tag und eine Nacht warteten die Traumstreicher nun schon darauf, dass Mormi aus dem Keller zurückkehrte und erklärte, wie der Drache zu zähmen sei.
Aber nichts geschah. Nur das Fauchen des Drachen war näher gekommen und einmal hatte seine Flügelspitze sogar die Lichtkuppel des Klosters verschattet. Er war ganz in der Nähe. Und auch wenn keiner im Saal sprach, so war deutlich zu spüren, dass jeder Einzelne sich fürchtete.
Da brach das Graufünkchen im Schopf des Knauerkauzes das Schweigen: »Sie kommen!«
Ein Aufatmen lief durch die Menge derjenigen, die keinen Blick auf den Teppich werfen konnten. »Sie kommen!«, wiederholten einige Traumstreicher und die ersten verließen schon den Kuppelsaal, um Mormi in der Eingangshalle zu empfangen. Hier klaffte ein Loch im weiß glänzenden Boden. Es gab den Blick in graue Düsternis frei. Die Enden der Zauberstrickleiter waren schon zu sehen, und während die

Traumstreicher warteten, holten diejenigen, die nichts gesehen hatten, Nachrichten ein.
Die Erleichterung darüber, dass Mormi gleich zurückkehren würde, wich einer allgemeinen Beklommenheit.
»Zwei Mädchen bringen ein schwarzes Gewand?« – »Der Drache soll versteinert werden?« – »Ob das wirklich die richtige Lösung ist?« Man hörte zweifelndes Zungenschnalzen und nachdenkliches Räuspern. »Gibt es wirklich keine andere Möglichkeit?«
Als Kati schließlich den Kopf aus der Öffnung streckte, wurde sie neugierig beäugt. Das Getuschel wurde jetzt noch stärker. »Das ist also eines der Menschenmädchen.« – »Eine Retterin habe ich mir aber anders vorgestellt.«
Eine Wasserelfe, schmal und mit blaugrünen Haaren, warf ihren tuschelnden Ordensschwestern und -brüdern einen ärgerlichen Blick zu. Sie ging auf die Kelleröffnung zu, streckte Kati beide Hände entgegen und hieß sie willkommen. Mit Malmize im Arm kletterte Kati heraus, Finja folgte ihr.
»Unsere Retterinnen!«, rief die Wasserelfe. »Unsere Heldinnen!« Aber es klang nicht fröhlich.
Finja lächelte gezwungen. Sie fühlte sich nicht wie eine Retterin und sie spürte genau, dass auch die anwesenden Traumstreicher diesen Worten nicht wirklich zustimmten. Sie sah sich um und blickte in lauter zweifelnde Augenpaare. Wuss-

ten sie denn schon, dass das Bild der Drachengeburt nicht weiterhalf?
Jetzt war Mormi aufgetaucht. Sie hob die Hände und brachte die Traumstreicher zum Schweigen.
»Wie ihr wisst, habe ich kein Bild von der Drachengeburt gefunden«, sagte sie und räusperte sich. Dann gruben sich tiefe Furchen in ihre Stirn. »Aber Finja und Kati haben uns die Rettung gebracht!«
Alle Blicke richteten sich jetzt auf die Mädchen. Finja wurde es heiß. Sollte sie etwas sagen?
Doch Mormi sprach schon weiter. »Sie haben ein schwarzes Gewand dabei und werden damit den Drachen versteinern.«
»Wer?«, hauchte Finja ungläubig. »Wir?«

Sie hatte leise gesprochen und doch hörte sie jetzt ihre eigene Stimme durch die Eingangshalle dröhnen, als würde sie vom Gewölbe hundert Mal stärker zurückgeworfen. Alles um sie herum verschwamm. Hatte Mormi wirklich gesagt, *sie* werden den Drachen versteinern? Das konnte nicht sein.
Sie suchte nach Katis Blick. Als sie in deren weit aufgerissene Augen starrte, wusste sie, dass es stimmte.
»Wieso wir?«, wiederholte sie jetzt flüsternd. »Kann das nicht jemand anderes machen?« Sie sah in die Reihen der Traumstreicher. Dort standen doch die fähigsten Geschöpfe aller aramsischen Völker. Da musste doch einer dabei sein,

der sich traute! Sie schaute den größten und stärksten nacheinander in die Augen. Die Blicke waren bedauernd, einige schüttelten den Kopf.

»Wir können nicht«, knarzte schließlich der Baumriese. »Wir alle haben unser Zaubergewand zugunsten der Traumstreicherkutte abgelegt und gelobt, nie wieder ein anderes Zaubergewand anzuziehen.«

Finja wankte. Dann wandte sie sich Hilfe suchend an Mormi.

»Und du?«, flüsterte sie. »Warum machst es nicht du?«

»Mein Kleid ist aus demselben grauen Stoff«, antwortete sie. »Auch ich habe gelobt, niemals etwas anderes zu tragen.«

Und nun? Finja und Kati sahen sich an.

Wie aus weiter Ferne drang Mormis Stimme an sie heran. »Im Namen aller Aramser möchte ich euch bitten, dass eine von euch das schwarze Gewand anzieht und den Drachen versteinert.«

Wieder spürte Finja die erwartungsvollen Blicke der Traumstreicher. Die Worte der Großweberin hallten in ihr nach: *Im Namen aller Aramser möchte ich euch bitten.*

Was sollte sie da tun? Ihr blieb ja gar nichts anderes übrig. Sie konnte doch jetzt nicht kneifen. Und sie konnte auch jetzt nicht den bitteren Rest auf Kati abwälzen.

»Ich werde es tun«, sagte sie fest.

»Danke«, flüsterte Kati.

»Danke«, wiederholte Mormi.

Finja nahm es gar nicht richtig wahr. Auch die Dankesrufe und der Applaus der Traumstreicher drangen nur ganz leise zu ihr. Sie war ganz damit beschäftigt, nicht umzufallen. Tausend Gedanken wirbelten durch ihren Kopf. Sie versuchte all die Fragen, Zweifel und Ängste in Worte zu fassen, doch es bildete sich immer nur ein Satz in ihrem Kopf: *Du musst das schwarze Gewand anziehen. Du musst das schwarze Gewand anziehen.* Ihr wurde kalt. Unendlich kalt. Sie wankte. »Entschuldigung«, murmelte sie.

Mormi trat hinzu und stützte sie sanft. Finjas Gedanken wurden wieder klar.

»Wie gefährlich ist es?«, fragte sie.

»Wenn du alles so machst, wie ich es dir sage, kann nichts passieren. Du musst nur aufpassen, dass du den Blick nicht abwendest und irgendetwas anderes anschaust. Nur den Drachen! Du darfst die Augen auch nicht schließen! Denn der Drache könnte sich in diesem Moment aus deinem Blickfeld herausbewegen und eine andere Person hineintreten. Das darf nicht passieren! Du musst den Drachen fixieren! So lange, bis er versteinert ist!«

Finja nickte. »Wird es wehtun?«

Mormi antwortete nicht gleich. »Ich weiß es nicht. Aber ich vermute schon. Beim Weben schmerzt mich die Berührung mit dem schwarzen Faden. Es ist ein kalter Schmerz. Aber er hält nicht an, wenn die Berührung vorbei ist.«

»Wie lange wird es dauern?«
»Nicht lange.« Jetzt lächelte Mormi, dann sprach sie bedeutungsvoll weiter: »Genau einen Augenblick.«
Finja sog tief die Luft ein. Einen Augenblick! Das musste doch zu schaffen sein! Danach wäre es vorbei, für immer vorbei. Der Drache wäre versteinert und sie könnte mit Kati nach Hause zurückkehren. Daran wollte sie denken. Sie würde nach Hause zurückkehren, zu ihren Eltern ... Da kam ihr ein entsetzlicher Gedanke: »Und wenn ein Mensch hinüberblickt?«, flüsterte sie tonlos. »Wenn ein Traumstreicher jemandem durch die Haare streicht, während ich den Drachen versteinere? Dann bin ich schuld, dass dieser Mensch nicht mehr aus seinen Träumen herausfindet!«
»Das ist unmöglich«, entgegnete Mormi. »Alle Traumstreicher sind hier. Keiner fehlt. Niemandem wird durchs Haar gestrichen. Niemand kann nach Aramsi blicken«, antwortete Mormi.
Finja nickte.
»Bei den Menschen kann nichts passieren. Das ist auf doppelte Weise gut. Denn dann kann auch niemand den Drachen erlösen.«
»Erlösen?«, brach es aus Finja hervor. »Wieso denn erlösen?«
»Wusstest du das nicht? Wenn das versteinerte aramsische Wesen und der im Traum gefangene Mensch sich gegenseitig berühren, dann sind sie beide wieder frei.«

»Sie sind beide frei? Es gibt für die gefangenen Menschen einen Weg zurück?«
Mormi nickte. »Ja«, sagte sie, »natürlich.«
Natürlich! Das Wort hallte in Finja nach. *Natürlich!* Ihr Onkel war möglicherweise auf ganz einfache Art und Weise zu retten. Und das erfuhr sie erst jetzt! Er müsste nur das Wesen berühren, bei dessen Versteinerung er zugesehen hatte! Und dieses Wesen . . . das war Sirill! Sirill auf der Spange, die die ganze Zeit in Katis Haaren gesteckt hatte!
Finja spürte, wie ihr schon wieder schwindelig wurde. Ulrich hätte nur einmal Katis Haarspange berühren müssen und er wäre wieder frei gewesen? Und jetzt? Jetzt war Sirill irgendwo in Aramsi verschwunden. Verspeist von einem Drachen oder weggeschleudert aus der Hand eines sterbenden Weißbartgnoms oder was auch immer. Finja schluchzte auf.
»Hast du dich anders entschieden?«, fragte Mormi erschrocken.
»Nein, nein«, antwortete Kati tonlos. Das schwarze Gewand erschien ihr auf einmal gar nicht mehr so schlimm. »Ich bin bereit.«
»Gut. Kati und ich werden dich nach draußen begleiten. Wenn du den Drachen im Blick hast, streifen wir dir schnell das Gewand über. Sobald er versteinert ist, ziehen wir es dir wieder aus. So kann eigentlich nichts passieren!«
Sie lächelte Finja aufmunternd zu.

Die Balken vor der Tür wurden beiseitegeschafft, die beiden Flügel sprangen auf. Finja, Mormi und Kati traten ins Freie. Die Sonne blendete sie. Finja und Kati hatten sich beide geirrt, als sie im Keller des Klosters die Uhrzeit geschätzt hatten. Es war nicht Abend, auch nicht Nacht. Ein neuer Tag war angebrochen.

Es tat gut, endlich wieder ans Tageslicht zu kommen! Finja genoss es, den tanzenden Traumstaub in der aramsischen Luft zu sehen und die Wärme der Sonnenstrahlen zu fühlen. Sie schloss die Augen und atmete tief ein.

Da spürte sie den Schatten. Der Drache Farmarall kreiste über der Stadt. Sein mächtiger Körper hatte sich vor die Sonne geschoben, es wurde kalt. Finja hob den Kopf.

Jetzt erst erkannte sie das Ausmaß der Drachenschwingen. Wie ein Zelt spannten sie sich über die ganze Stadt. Jeder Flügelschlag trieb eine orkanartige Böe durch die Straßen. Rauschen erfüllte die Luft.

Finja sah die einzelnen grünen Schuppen an der Unterseite der Flügel. Sie sah die scharfen Krallen an den Füßen. Der Drache flog eine Runde über Zatran und ließ sich dann vor der Stadt nieder.

Er saß in der weiten Ebene und Finja stand auf dem Gipfel des Traumstreicherhügels. Trotzdem musste sie ihren Blick nach oben richten, um seinen Kopf zu sehen. Seine Augen rollten hin und her. Funken stoben aus den Nüstern. Er blick-

te auf die Stadt hinunter, als überlege er, welche Gebäude er zuerst zerstören solle.
»Jetzt!«, befahl Mormi. »Richte deinen Blick auf ihn!«
Finja sah den Drachen an.
Kati und Mormi streiften ihr das Gewand über den Kopf.

Es war ein entsetzliches Gefühl. Ihr Körper kam ihr vor wie aus Eis, aber ihre Augen schienen zu glühen. Sie wollte nichts anderes tun, als die Lider darüberzusenken. Doch sie zwang sich, auf den Drachen zu starren. Als sie ihn fixierte, spürte sie, wie ein unsichtbares Band zwischen ihnen entstand. Der Drache hob erstaunt den Kopf. Er rollte die Augenbälle, er grollte tief. Er schaute Finja an, als kenne er sie. Sie starrte zurück. Sie kämpfte gegen den Drang zu blinzeln. Ihre Augen brannten und dann spürte sie, wie irgendetwas mit diesem unsichtbaren Band zwischen ihr und dem Drachen geschah. Es war, als ob es in hellen Flammen aufloderte. Vor ihren Augen flirrte es, sie sah nichts mehr als gleißende Helligkeit – aber sie hielt die Lider geöffnet.
Der Drache spitzte die Ohren – dann lief ein Zittern durch den riesigen Leib. Funken fielen zu Boden. Das Maul, das der Drache gerade für einen neuen Feuerstoß geöffnet hatte, erstarrte und das bedrohliche Glimmen in den grünen Augenbällen erlosch wie der glühende Punkt am Docht einer ausgeblasenen Kerze. Es blieb ein rostroter Koloss aus Stein. Das

Brennen in Finjas Augen ließ nach. Sie erkannte das versteinerte Tier. Und doch schloss sie die Augen erst, als Mormi ihr in den Oberarm kniff und sie ganz sicher war, dass der Drache sich nicht mehr rührte.

Dann riss sie sich das Hemd vom Leib. Mormi und Kati kamen gar nicht dazu, ihr zu helfen, so schnell hatte sie das schwarze Gewand wieder ausgezogen. Sie drückte es der Großweberin in die Hand, sprang in die Luft und umarmte abwechselnd Kati und Mormi. »Wir haben es geschafft! Wir haben es geschafft!«

Sie jubelte, fasste Kati an der Hand und zog sie mit sich den Weg hinunter in die Stadt. »Lass uns nachschauen, ob Dak schon zurück ist«, rief sie Kati über die Schulter zu und rannte weiter.

Kati antwortete nicht.

In der Stadt wurden alle verriegelten Türen geöffnet, Steinwälle und Sandsäcke weggeschleppt. Aus allen Toren, Klappen, Portalen rannten und krabbelten sie hervor: Fingerlinge, Graufünkchen, Zerpiole, Windsäusler und Prankenhexen. Knauerkauze, Scherwekas und Mondscheingräber. Broderlohs und Rieselrunen. Tartufel und Baumriesen, Lügenbolde und Wahrheiter.

Finja sah Daks Vater aus der Weide klettern. Langsam und vorsichtig, denn er half seiner Frau, die mit ihrem steifen Bein nur mühsam hinabstieg.

»Wir haben es geschafft!«, rief Finja den beiden zu und winkte. »Ist Dak schon zurück?«
Der Vater schüttelte den Kopf. Aber er lächelte. »Bestimmt kommt er bald!«
Die Mädchen blieben kurz an der Weide stehen.
Daks Vater nahm Malmize aus Katis Arm. »Ihr habt gut für sie gesorgt, vielen Dank!«
Immer mehr Bewohner Zatrans liefen aus der Stadt hinaus zu dem steinernen Drachen, betasteten ihn, kletterten sogar auf ihn hinauf. Das wollte Finja auch. Wieder griff sie nach Katis Hand und rannte mit ihr hinaus in die Ebene. Kati torkelte hinterher. Offenbar hatte sie die Müdigkeit übermannt – nach all den Strapazen und einer durchwachten Nacht. Finja aber fühlte sich gut. Das Glück pochte in ihr – und verdrängte die Erschöpfung.

Die Drachenhaut war steinhart. Finja klopfte mit angewinkeltem Finger darauf. Sie spazierte vor den Krallen entlang. Wie Spitzhacken hatten sie sich in den Boden gebohrt. Sie hob den Kopf und schaute direkt auf die Drachenknöchel. Rötliche Falten wölbten sich hier. Finja betastete sie und spürte den kalten Stein.
Sie umkreiste das Tier. Die Flügel waren angelegt, der Schwanz beschrieb einen großen Halbkreis im dornigen Gestrüpp. Finja kletterte darauf und stieg langsam über den

Schwanz bis auf den Rücken. An der höchsten Stelle war sie fast so hoch wie auf dem Traumstreicherhügel. Von hier aus blickte sie glücklich in alle Richtungen. Sie sah die Schwankenden Höhen auf der einen Seite von Zatran und die Steinernen Speere auf der anderen. Sie sah das Tal entlang, durch das sich der breite Fluss schlängelte.

Und dann – am flachen Horizont – sah sie eine Staubwolke. Wirbelnd und Funken sprühend, kam sie in rasantem Tempo näher. Dreißig Feuerpferde, geritten von dreißig Scherwekas. Und in der Mitte der Gruppe galoppierte Dak.

14. Der Drachensattel

Dak und Finja saßen auf dem Rücken des versteinerten Drachen und erzählten sich alles. Finja berichtete von Bardurs Vorschlag, dem Schattenstrudel und von Mormi, die beinahe in den Erinnerungen versunken war. Dak beschrieb seinen Ritt durch die wandernden Flüsse hinter dem roten Tor. Er berichtete, wie er unter Mühen die Krawankelschlucht erreicht hatte, an deren Ende das verbrannte Land lag. Die Scherwekas hatten ihn freundlich aufgenommen. Doch als sie von seinem Anliegen hörten, mussten sie Dak enttäuschen. Nein, auf einem ungezähmten Drachen konnten auch die Scherwekas nicht reiten. Sie beherrschten die Feuerpferde – aber einen Drachen? Niemals!

»Ich war so enttäuscht, Finja!«, sagte Dak. »Aber dann haben sich die Scherwekas noch einmal beraten. Sie überlegten, ob

es mit speziellem Sattelzeug und Halfter vielleicht möglich sein könnte. Sie haben einen Sattel genäht, in den man die Reiterin hineinschnallen kann. Mit Gurten, die lang genug sind, um einen Drachenleib zu umschlingen!« Er blitzte Finja begeistert an. Doch gleich schlug er die Augen wieder enttäuscht nieder. »Sie meinten aber, dass es wahrscheinlich unmöglich sei, den Drachen zu satteln.«
Er zeigte hinunter in die Ebene, wo sich die Scherwekas schon ein Lager aufgebaut hatten. Es waren große Frauen mit breiten Gesichtern und langen kupferfarbenen Haaren, die in der Sonne wie Flammen aufleuchteten. Finja konnte sich gut vorstellen, dass diese Frauen mit den Feuerpferden zu einem Geschöpf verschmolzen.
Einige von ihnen hatten ein Zelt aufgebaut, andere die Feuerpferde zur Tränke geführt, ihr Gepäck lag noch ausgebreitet vor der Lagerstätte. Dahinter stand ein Wagen, der schwer beladen zu sein schien. Womit, konnte Finja nicht erkennen, eine graue Plane spannte sich darüber.
»Liegt der Sattel auf dem Wagen?«, fragte sie Dak.
»Ja, zusammen mit den zehn Gurten«, erklärte Dak. »Trotzdem waren wir ein ziemlich hoffnungsloser Trupp, als wir hier angeritten kamen. Doch dann«, er wandte sich freudestrahlend an Finja, »dann hattest du uns schon alle gerettet!«
Finja lachte glücklich. Sie lehnte ihren Kopf an Daks Schulter und blinzelte in den Traumstaub. Alles war gut. Jetzt

würde ihre Reise nach Aramsi doch noch zu dem fröhlichen Besuch werden, den sich Kati darunter vorgestellt hatte. Sie würden noch eine Weile bleiben, in Daks schaukelndem Baumhaus Kuchen essen, in der Golvina baden und mit einem Feuerpferd durch die Ebene von Zatran sprengen. Herrlich!

»Was ist mit deiner Freundin?«, fragte Dak jetzt.

»Wieso?«

»Sie ... sie guckt so seltsam.«

Finja sah zu Kati hinüber, die nicht weit vom Drachen entfernt auf dem Boden saß. Dak hatte recht, Katis Blick war starr und verloren. Was hatte sie denn? War das die Erschöpfung? Jetzt wo alle Abenteuer bestanden waren?

»Komm, wir gehen zu ihr«, sagte Finja besorgt.

Etwas an Katis Gesichtsausdruck kam ihr bekannt vor. Sie wollte es sich nicht eingestehen, aber es erinnerte sie an ... an Onkel Ulrich.

»Kati?«, fragte sie. Doch Kati reagierte nicht. Sie sah nur lächelnd in die Ferne.

»Kati! Was ist mit dir los?!« Finja rüttelte sie an den Schultern. Kati machte sich frei. »Au, das tut mir weh! Wer bist du überhaupt?«, fragte sie.

»Kati!«, schluchzte Finja »Ich bin's doch, Finja, erkennst du mich nicht? Finja, deine Freundin!«

Doch Kati schaute sie nur verwundert an. »Finja?«, fragte sie

und es war deutlich zu hören, dass ihr der Name nicht das Geringste sagte.
»Was ist nur los mit ihr?«, wandte sich Finja schluchzend an Dak.
Er hatte seinen Blick besorgt auf Kati gerichtet. »Hat sie . . .«, begann er langsam, ». . . hat sie zugesehen?«
»Wie? Zugesehen?«
»Hat sie zugesehen, als du den Drachen versteinert hast?«
»Du meinst . . .?«
»Wenn ein Mensch zusieht, wie ein aramsisches Wesen versteinert wird . . .«, begann Dak. Er musste den Satz nicht vervollständigen. Finja wusste, was kam: *». . . dann versteinert auch er. Innerlich.«*
Einen kurzen Moment lang fühlte Finja gar nichts. Keinen Schmerz, keine Wut. Nur Fassungslosigkeit. Sie kam sich vor, als ob sie im freien Fall auf eine Felsplatte zurasen würde. Kein Halt war mehr da, keine Sicherheit – nur die, dass es bald einen tödlichen Knall geben würde.
»Kati!!!!«, schrie sie und dann brach sie in hemmungsloses Weinen aus.

Dak stand hinter ihr und versuchte, sie zu trösten. Zögernd streckte er seine Hand aus und legte sie ihr auf die Schulter. Aber Finja wollte das nicht. Mit einer wütenden Bewegung wischte sie die Hand weg. In ihr brannte der Groll: Sie hatte doch Ulrich erlösen wollen und nicht Kati erstarren lassen! Sie hatte auch dieses furchtbare Gewand nie anziehen wollen! Und dabei hatte sie noch gefragt, ob irgendein Mensch zu Schaden kommen könnte und Mormi hatte ... Halt! Finja schluckte. Was hatte Mormi genau gesagt? Ein Schauder lief durch sie hindurch. Jetzt durfte sie sich nicht zu früh freuen. Jetzt musste sie ganz ruhig überlegen. Doch vielleicht war nicht alles verloren. Mormi hatte gesagt: *Bei den Menschen kann nichts passieren. Das ist auf doppelte Weise gut. Denn dann kann auch niemand den Drachen erlösen.*

Also! Es gab eine Erlösung! Finja konzentrierte sich wieder auf die Worte von vorhin. *Wenn das versteinerte aramsische Wesen und der im Traum gefangene Mensch sich gegenseitig berühren, dann sind sie beide wieder frei.*

Finjas Blick wanderte zu Farmarall hinüber. Da lag er. Regungslos. Keine zehn Meter entfernt. Wenn sie Kati hinüberführen würde und ihr Hand auf die steinerne Drachenhaut legen würde, wäre sie wieder frei.

Und Farmarall auch.

»Dak?«

»Ja?«

»Meinst du, die Scherwekas leihen mir das Drachen-Sattelzeug?«

»Warum?«

»Dak, wenn wir den Sattel am steinernen Drachen festzurren und mich darin festschnallen, wenn wir ihm Halfter und Zügel anlegen, dann wird ihm all seine Kraft nichts nutzen. Stimmt es? Er wird mich nicht abwerfen können, auch wenn er zu den stärksten Geschöpfen Aramsis zählt.«

»Finja, er ist versteinert!«

»Ich meine, wenn er wieder wach ist.«

»Warum sollte er erwachen?«

Finja erzählte Dak, was Mormi über die Erlösung versteinerter Wesen gesagt hatte.

»Du willst . . .?«

Finja nickte. »Auf jeden Fall!«

Dak fühlte sich sichtlich unwohl. »Finja, . . . ich glaube nicht, dass irgendjemand hier will, dass der Drache . . .«

»Das ist mir gleich!«, schleuderte ihm Finja entgegen.

»Das ist dir gleich?«, schrie Dak. »Finja! Der Drache würde Zatran in Grund und Boden stampfen!«

»Darum will ich ihn ja zähmen!«

»Das weiß ich ja, ich denke nur, dass jetzt, wo er versteinert ist, sicher niemand das Wagnis . . .«

»Wagnis, Wagnis – es ist schließlich die einzige Chance!«

»Aber wir wissen doch nicht einmal, ob es wirklich stimmt, dass jemand auf ihm reiten muss. Vielleicht war es nur ein Traum!«

»Nur ein Traum? Ein Traum, den Kati und ich *zufällig* beide geträumt haben? Und in dem die funkelnde Wüste von Proklata *zufällig* genauso aussah wie in Wirklichkeit?«

»Und wenn er dich abwirft? Niemand weiß, ob die Riemen halten werden!«

»Das ist mir alles egal! Es ist die einzige Möglichkeit, meine Freundin zu retten, und ich will es probieren!«

»Du setzt unser aller Leben aufs Spiel«, entgegnete Dak.

»Bitte, Dak, bitte hilf mir!«

Dak schwieg. »Lass uns Mormi fragen«, sagte er dann.

Finja nickte. Sie ließ ihren Blick suchend über die Ebene schweifen. Sie sah Hunderte von Aramsern, die lachten und jubelten und sich in den Armen lagen. Noch immer strömten sie aus der Stadt heraus. Sie sah eine Meersäuslerfamilie, die die Backen aufplusterten, um sich dann wie Wolken über den Boden treiben zu lassen. Sie sah zwei Trolle, die ihre quäkenden Instrumente auspackten und aufspielten, sie sah ein Zerpiolenpaar, das auf seinen zwölf Fangarmen zu tanzen begann.

Die Großweberin sah sie nicht.

»Wo ist sie?«

»Sie zeigt sich nie in der Stadt«, erklärte Dak. »Bestimmt ist sie schon wieder in der Weberei. Dort ist ihr Platz.« Nachdenklich fügte er hinzu: »Sie ist nicht wie wir anderen Aramser. Sie tanzt nicht, sie feiert nicht. Mormi sorgt dafür, dass alles seinen Gang geht. Jetzt, wo der Drache gezähmt ist, sieht sie keinen Grund mehr, ihren Platz zu verlassen.«

Finja nickte. Sie dachte daran, wie sie Mormi das erste Mal gesehen hatte, bei ihrer letzten Reise. Streng war sie ihr vorgekommen, streng und mächtig. Finja hatte ein wenig Angst vor ihr gehabt.

Nach Daks Worten verstand Finja auf einmal, woher dieses Gefühl kam. Weil für Mormi etwas viel Größeres zählte. Nicht der Kummer irgendeines Einzelnen. Nein, für sie zählte die Zauberwelt von Aramsi. Für ihr Gedeihen würde Mormi alles tun. Und nichts aufs Spiel setzen.

Finja griff nach Daks Arm. »Nein«, sagte sie, »wir fragen sie nicht!«

»Wieso?«

»Weil sie es verbieten würde.«

Dak schwieg. Finja sah ihn nicht an. Sie versuchte, sein Schweigen zu verstehen. Würde er sie verraten? Alleine lassen? Sie kniff die Augen zusammen. Sie konzentrierte sich ganz auf ihren Wunsch.

»Und du willst, dass ich dir helfe, es heimlich zu tun?«, fragte Dak.

»Ja.«

»Finja, ich bin ein Wahrheiter! Ich verabscheue Heimlichkeiten!«

Kurz stockte Finja. Daran hatte sie nicht gedacht. Dak war ein Wahrheiter. Er konnte zwar keine Lügen mehr erkennen, weil er kein blaues Hemd mehr hatte, aber es war ihm immer

noch unerträglich, selbst zu lügen oder andere zu täuschen. Aber was sollten sie denn dann tun? Finja wurde ärgerlich.
»Die einen schwören, nie ein schwarzes Gewand zu tragen, und dann muss ich es tun, um sie zu retten. Die anderen verabscheuen Heimlichkeiten und dann muss ich lügen, um meine Freundin wieder zu befreien! Meine Freundin – ohne die Aramsi zerstört worden wäre! Das ist doch nicht richtig! Wie soll es denn sonst gehen? Heimlichkeiten verabscheuen. Das ist leicht! Aber es ist noch lange nicht gesagt, dass es richtig ist!«
Sie blitzte Dak wütend an. Auf einmal schien es ihr, als sei er schuld an der ganzen Situation. Finja fühlte sich von allen Aramsern verraten – und Dak bekam das jetzt zu spüren.
»Es ist so ungerecht . . .«, begann sie von Neuem.
Doch da legte ihr Dak die Hand auf die Schulter. »Du hast recht. Ich werde dir helfen.«

15. Die wandernden Flüsse

Vor den Toren Zatrans war ein großes Fest im Gang. Unzählige fantastische Wesen wirbelten freudestrahlend durcheinander. Da schlugen Feenflügel, es zitterten Tasthaare, winkten Bärenpranken, lachten Froschmäuler. Nicht nur die Trolle machten Musik. Weiter unten am Flussufer sangen die Meersäusler gemeinsam mit Wasserelfen. Die wilderen Geschöpfe Aramsis hatten ihre eigene Kapelle gegründet und eine Tanzfläche eröffnet. Prankenhexen zupften auf großen Streichinstrumenten eine mitreißende Melodie. Unterstützt wurden sie von schrumpeligen Kerlen mit hervorstehenden spitzen Zähnen, die seltsame Röhren auseinanderzogen, was sich ein wenig anhörte wie Mundharmonika.

Hier tanzten auch die Scherwekas. Sie hatten einander an den Armen gefasst und drehten sich schnell im Kreis, dass ihre

langen kupferfarbenen Haare wehten. Ein Anblick, der Finja begeistert hätte – wenn sie ihn mit Kati hätte teilen können. Aber Kati war ja in einer anderen Welt gefangen.
Gemeinsam mit Dak hatte Finja ihre Freundin ins Baumhaus gebracht. Dort saß Kati nun auf Daks Schlafmatte und schaute mit leeren Augen an die Wand.
Finja seufzte. Sie selbst hatte sich mit Dak unter die feiernden Zatraner gemischt. Niemand beachtete sie. Finjas einziger Gedanke galt dem Drachensattel. Möglichst unauffällig schlichen sie um das Lager der Scherwekas herum. Der Sattel lag noch immer verschnürt und festgezurrt auf dem Holzkarren.
»Wir warten einfach, bis sie schlafen und holen ihn dann!«, schlug Finja vor.
»Und dann?«
»Dann satteln wir heimlich den Drachen!«
»Die Zeit wird nicht reichen«, meinte Dak. »Wir brauchen bestimmt die ganze Nacht, um den Sattel auf den Drachenrücken zu hieven und die zehn Gurte festzuschnallen.« Er sah zu den tanzenden Scherwekas hinüber. »Und es sieht nicht so aus, als ob sie vor Mitternacht ins Bett gehen würden.«
Die Scherwekas begannen gerade, im Tanzen Bocksprünge zu vollführen und dabei laute Schreie auszustoßen. Nein, es machte wirklich nicht den Eindruck, als hätten sie vor, bald schlafen zu gehen.

»Morgen Abend vielleicht«, murmelte Finja. Das würde noch reichen. Sie käme dann noch rechtzeitig nach Hause.

»Glaubst du, sie bleiben so lange? Ich denke eher, dass sie morgen schon wieder nach Hause reiten.«

Finja stöhnte. Wie sollten sie unbemerkt an diesen Sattel kommen? »Und wenn wir ihn heute Nacht mitnehmen und morgen Nacht den Drachen satteln?«

»Dann suchen sie morgen den ganzen Tag danach und überführen uns womöglich noch als Satteldiebe! Nein, wir müssen es anders machen.«

Anders, dachte Finja. Soso. Sie war kurz davor, wieder wütend zu werden. Aber Dak sah sie mit leuchtenden Augen an. Offenbar hatte er eine Idee.

»Wir müssen den Sattel zu einem Zeitpunkt holen, wo sie ihn nicht vermissen werden. Und ich weiß auch, wann das ist: wenn sie unterwegs sind. Wenn sie reiten. Dann vergessen sie alles andere.« Das Leuchten in Daks Augen hatte zugenommen. Auf seinem Gesicht lag ein verklärter Ausdruck. Zweifellos wünschte er sich, selber einmal so reiten zu können wie die Scherwekas und eins zu werden mit einem Feuerpferd.

Finja schnaubte unwillig. »Und wie sollen wir während des wilden Ritts an den Sattel herankommen? Das kommt mir ziemlich unmöglich vor!«

Aber Dak war von seiner Idee überzeugt. »Ich verstecke mich

auf dem Wagen! Ich werfe den Sattel hinunter! Sie werden es nicht merken, wenn sie dahinsprengen. Sie werden es erst daheim im Verbrannten Land merken. Und für diesen Ritt brauchen sie einen ganzen Tag. Für den Ritt zurück also eine ganze Nacht. Und das ist unsere. Das ist die Nacht, in der wir den Drachen satteln und du auf ihm reitest!«

Finja schöpfte Hoffnung.

»Und du?«, fragte sie. »Wie kommst du vom Wagen hinunter?«

»Um ins Verbrannte Land zu kommen, müssen die Scherwekas immer flussaufwärts an der Golvina entlang. Siehst du, dorthinten liegt das Rote Tor.« Finja sah ganz am Ende der Ebene ein seltsames rotes Gebilde aufragen. »Hinter dem Roten Tor liegen die wandernden Flüsse. Das sind unendlich viele Wasserläufe. Hier können die Scherwekas nicht galoppieren. Hier springe ich ab.«

Jetzt begann es, in Finjas Bauch zu kribbeln. Daks Plan schien Hand und Fuß zu haben.

»Und wie bringen wir den Sattel hierher?«

»Du musst den Scherwekas heimlich mit der Schubkarre meines Vaters folgen und ihn aufladen. Ich komme, so schnell ich kann, und werde dir schieben helfen.«

Finja schaute zu dem Wagen mit dem Drachensattel hinüber. Er war ungefähr fünf Mal so groß wie eine Schubkarre. Das würde nicht funktionieren! Sie wandte sich ab. »Es geht nicht«, sagte sie tonlos.

Das letzte Tageslicht schwand. Die Ebene vor Zatran wurde in ein zartes, leicht glitzerndes Graublau getaucht. Finja sah, wie die Zerpiolen zu tanzen aufhörten und Fackeln aufstellten. Am Flussufer schwebten bunte, leuchtende Bälle wie Laternen in der Luft, um sie herum sah man den Traumstaub flirren. Der Gesang der Elfen war lauter geworden und Finja konnte seine Schönheit schier nicht ertragen. Was sollte sie auf dieser glücklichen Feier, inmitten dieses fantastischen Festes? Was sollte sie hier, wenn Kati gefangen war?
Da hörte sie hinter sich Daks Stimme: »Und es geht doch: Ich koppele den ganzen Wagen ab und wir schieben ihn gemeinsam nach Zatran.«
Sie sah ihn an. Das war ein guter Plan! »Noch besser ist es, wenn wir uns beide auf dem Wagen verstecken!« Sie sah sich um. Alle feierten. Niemand würde sie bemerken. »Jetzt. Sofort.«
»Ich sage noch meinen Eltern Bescheid«, sagte Dak. Er sah Finjas zweifelnden Blick und fügte beruhigend hinzu: »Keine Sorge, sie werden mich nicht aufhalten.«
Kurz durchzuckte Finja der Gedanke, den sie gehabt hatte, als sie Dak das erste Mal gesehen hatte: Muttersöhnchen. Dabei wusste sie ja, dass er alles andere war als ein Feigling. Aber konnte er nicht eigene Entscheidungen treffen? Sie spürte einen eigenartigen Ärger. Warum konnte Dak einfach seinen Eltern Bescheid geben, während sie selbst zu Hause

immer lügen musste, wenn es um Aramsi ging? Als sie merkte, dass ihr Ärger in erster Linie Neid war, wollte sie schnell nicken. Doch dann fiel ihr etwas ein: »Aber werden sie unseren Plan verheimlichen? Wenn jemand fragt? Sie sind ja auch Wahrheiter. Sie werden doch nicht für uns lügen!«

Dak senkte den Kopf. »So ist das also, wenn man einmal mit dem Lügen anfängt«, murmelte er traurig. Ohne ein weiteres Wort ging er auf den Wagen zu, huschte im Schatten des Zeltes bis zum Vorderrad und begann, die Knoten zu lösen, mit denen die Plane festgezurrt war.

Finja folgte ihm. Als das Loch zwischen Plane und Wagenrand groß genug war, stemmten sie sich in die Höhe und krochen darunter.

Von innen schnürten sie die Plane wieder fest.

»Man wird unsre Umrisse sehen!«, wisperte Finja.

»Lass uns unter den Sattel kriechen!«, schlug Dak vor.

Finja legte sich bäuchlings auf den Boden und robbte in die schmale Aussparung, die unter der Krümmung des Sattels geblieben war. »Hier passt nur einer rein!«

»Macht nichts«, flüsterte Dak zurück. »Zwischen den aufgerollten Riemen gibt es auch noch Platz.«

Eingezwängt lagen sie jeder an seinem Platz. Es war dunkel und roch nach Leder.

»Versuch zu schlafen«, flüsterte Dak ihr zu. »Morgen wird ein anstrengender Tag.«

Finja schloss die Augen. Jetzt, wo sie selber schwieg und von Dunkelheit umgeben war, schien ihr das Fest besonders laut. Die wilden Jubelschreie der Scherwekas, der wundersame Elfengesang. Finja lauschte. Die Elfenmelodie berührte sie seltsam. Es war, als könne sie das Lied auf der Haut fühlen. Als streiche es wie eine sanfte Feder über ihre Stirn und vertreibe alle Sorgen dahinter. Sie hörte zu und dämmerte langsam ein. Sie hatte das Gefühl, dass alles gut werden würde.

Finja musste sehr lange geschlafen haben. Als sie erwachte, drang schon helles Tageslicht durch die Ritzen zwischen Wagen und Plane. Traumstaub wehte herein und im bläulichen Licht konnte sie Daks zerzauste Federn sehen.
Von draußen hörte sie Geschrei.
»Wir sollten uns doch von unseren Retterinnen verabschieden!«, rief eine Scherweka.
»Aber die eine ist nirgends zu finden!«
»Nicht bei den Wahrheitern im Baumhaus?«
Eine neue Stimme mischte sich dazu: »Dort ist nur das eine Mädchen. Das andere fehlt. Auch Dak, der Wahrheiterjunge ist nirgends zu finden.«
»Die Mutter ist schon ganz verzweifelt!«
Finja schauderte. Sie sah zu den zerzausten Federn hinüber. Aber Dak rührte sich nicht. Schlief er noch? Hoffentlich hatte er das nicht gehört. Sie dachte an ihre eigenen Eltern. Waren

sie auch verzweifelt? Nein. Bestimmt hatten sie noch nichts von ihrem Verschwinden bemerkt.
»Sucht noch mal!«, befahl die Anführerin.
Finja machte sich stocksteif. Sie wagte nicht zu atmen. Hoffentlich kam keine der Scherwekas auf die Idee, unter der Plane nachzusehen.
Nein, alle Schritte entfernten sich. Oder?
Finja sah nervös zu Dak. Er war so still. Schlief er immer noch?
»Dak?«
»Still!«, flüsterte er zurück.
Er hatte ja recht. Finja ballte die Fäuste zusammen. Sie musste Ruhe bewahren!

Als die neuerliche Suche der Scherwekas erfolglos blieb, entschloss sich die Anführerin zum Aufbruch.
»Wir reiten los!«, befahl sie.
Finja hörte das freudige Wiehern der Feuerpferde. Sie hörte, wie Lederstiefel am Sattelzeug rieben, wie Feuerpferdhälse geklopft wurden, und schließlich ein wildes, mehrstimmiges »Auf geht's!«.
Ein Ruck lief durch den Wagen und schüttelte sie durch. Im nächsten Moment raste der Wagen dahin. Der Sattel über ihr wankte nach links und rechts. Finja schob sich bäuchlings aus ihrem Loch unter dem Sattel heraus. Auch Dak bewegte sich jetzt. Er rieb sein Bein, das offenbar eingeschlafen war.

»Müssen wir noch warten?«, fragte Finja. »Dauert es eine Weile, bis sie völlig eins geworden sind mit ihren Pferden?«
»Warten auf keinen Fall!«, sagte Dak. »Wir müssen uns beeilen. Sie reiten so schnell, dass wir es sonst nicht zurück nach Zatran schaffen.« Er stand auf, soweit es unter der Plane ging, und stapfte mit wankenden Schritten auf dem rüttelnden Wagen zur Deichsel. Finja schwankte hinterher.
Dak löste die Plane. »Halt mich fest!«
Finja schlang ihre Arme um seinen Bauch, während Dak sich über den Rand des Wagens beugte und an dem Bolzen zog, der den Wagen mit dem Pferdegeschirr verkeilte. Er kniff die Lippen zusammen, sein Gesicht wurde rot vor Anstrengung.
»Schaffst du es?«, wisperte Finja.
Dak nickte mit verbissenem Gesicht. Finja packte ihn noch einmal fester und hob ihren Blick.
Das Bild, das sich ihr bot, war überwältigend. Aus den Rücken der funkenschlagenden Feuerpferde wuchsen die Rümpfe der Scherwekas. Ihre kupferfarbenen Haare hatten zu brennen begonnen wie die flammenden Mähnen der Tiere. Die Beine der Scherwekas waren nicht mehr zu sehen. Reiterin und Pferd waren eins.

Finja bekam einen gewaltigen Stoß und flog zurück mitten auf die zusammengerollten Gurte. Dak hatte den Bolzen gelöst. Der Wagen schlingerte und schoss herrenlos weiter. Er hatte einen solchen Schwung, dass sich Finja schon längst wieder aufgerappelt hatte, als sich schließlich die Deichsel ins Erdreich bohrte und die Fahrt stoppte. Jetzt wurde Finja nach vorne geworfen. Sie fiel neben Dak, der mit gequältem Gesicht auf dem Boden des Wagens lag.

Finja richtete sich auf. Sie streckte ihren Kopf unter der Plane hervor und staunte. Rechts und links glitzerten Wasserläufe in der Sonne. Es plätscherte und rieselte von allen Seiten. Es gab Rinnsale und breite strömende Flüsse, sprudelnde Bäche und Gräben, die wirkten, als stünde das Wasser in ihnen. Auch der Wagen stand im Wasser. Die Deichsel jedoch hatte sich in eine Insel aus rotem Sand gebohrt.

Rasch löste Finja weitere Knoten, bis sie die Hälfte der Plane zur Seite schieben konnte. Dak lag noch immer. Stöhnend rappelte er sich auf, blieb dann aber, den Rücken an die Wand des Wagens gelehnt, sitzen.

»Was ist los?«

»Mein Fuß!«, stieß er hervor. »Irgendwas ist gerissen oder gebrochen!«

»Kannst du stehen?«

»Ich versuche es.« Mit beiden Händen zog er sich am Rand des Wagens nach oben. Er sagte nichts, aber Finja konnte an seinem Gesicht ablesen, wie sehr es ihn schmerzte.

»Kannst du aussteigen?«, fragte Finja.

Dak maß mit den Augen die Höhe vom Wagen bis zur Erde. »Es wird schon gehen«, sagte er.

Finja sprang als Erste aus dem Wagen. Sie stand auf der Insel und drehte sich in alle Richtungen. Von Zatran war nichts mehr zu sehen. Sie mussten eine sehr lange Strecke zurückgelegt haben in der kurzen Zeit. Sie drehte sich in die andere Richtung und sah die Funken sprühende Staubwolke der Scherwekas am Horizont.

Dak landete neben ihr. Er stöhnte kurz auf, schüttelte dann aber abwehrend den Kopf, als Finja ihn nach seinem Fuß fragen wollte. »Wir sind viel weiter gekommen, als ich gedacht habe.« Er sah sich besorgt um, »wir sind schon inmitten der wandernden Flüsse – das wird ein langer Weg nach Zatran!«

»Dann nichts wie los!«, sagte Finja. Sie bückte sich nach der Deichsel, die sich in den sandigen Boden gebohrt hatte, und stutzte.

Waren die Vorderräder nicht vorhin vom Wasser umflossen gewesen? Jetzt standen auch sie auf rotem Sand. Der kleine Bach, in dem der Wagen stand, begann erst kurz vor den hinteren Rädern. Wahrscheinlich habe ich mich getäuscht, dachte Finja und bückte sich erneut. Da sah sie direkt vor der Deichsel eine Pflanze sprießen. Und zwar in rasender Geschwindigkeit. Sie schob sich aus dem Sand, breitete Blätter aus und brachte schließlich auf der Höhe von Finjas Knie eine prächtige Blüte hervor.

»Das gibt's ja nicht«, murmelte Finja. Dak neben ihr lächelte. »In den wandernden Flüssen geht alles sehr schnell. Alles ändert sich ständig. Die Wasserläufe ändern sich, Rinnsale wachsen zu Strömen, Inseln versinken, Pflanzen wachsen in den Himmel und knicken dann verwelkt ein. Alles am selben Tag. Siehst du – unser Wagen steht ganz im Trockenen. Das ist gut. Dann können wir ihn jetzt drehen und dann zurückziehen. Hoffentlich haben die wandernden Flüsse ein Einsehen und legen uns nur Rinnsale in den Weg und keine breiten Ströme!«

Dak packte die Deichsel. »Zuerst nach hinten!«

Finja stellte sich auf die andere Seite und packte mit an. Dak gab das Kommando »Hau ruck!« und beide warfen sich mit all ihrer Kraft nach hinten. Der Wagen bebte, die Räder drehten sich ein wenig – und sackten dann wieder nach vorne in die Sandkuhle, die sie gegraben hatten.

»Noch mal!«, befahl Dak.

Finja widersprach nicht. Aber sie sah sorgenvoll zum Himmel. Die Sonne stand schon recht tief. Wie sollten sie es nach Zatran schaffen, wenn sie hier nur millimeterweise vorankamen?

»Hau ruck!« Diesmal sackten die Räder wenigstens nicht zurück in ihre Kuhle. Sie hatten ein kleines Stück des Weges geschafft! Finja blickte zurück. Mindestens zehn Wasserläufe musste sie durchqueren, bis sie auf festen Boden kamen und dann waren es noch Kilometer bis nach Zatran!

»Hau ruck!« Noch ein Stückchen weiter. Jetzt kamen sie doch etwas voran. Aber – was war das? Jetzt umspülte das Wasser ja auf einmal wieder die Hinterräder. Der Bach wuchs! Die wandernden Flüsse hatten alles andere als ein Einsehen! Finja starrte entsetzt auf das blubbernde, gurgelnde Wasser, das unter dem Wagen anstieg. Die Oberfläche berührte beinahe die Ladefläche.

»Hau ruck!«, rief Dak. Aber Finja half schon gar nicht mehr. Wozu auch? Das Wasser hatte den Boden des Wagens erreicht und hob ihn langsam empor. Gegen die Kraft des Wassers kamen sie nicht an. Sie riss den Wagen mit! Ein unheimlicher Druck schob den Wagen zur Seite. Er würde davongeschwemmt! Das durfte nicht passieren! Finja stemmte sich dagegen, aber es war, als wollte sie einen rollenden Felsen aufhalten. Schon drehte die Strömung den Wagen, sodass er parallel zum Ufer schwamm. Der Bach war zu einem Fluss geworden. Finja griff zwar noch einmal nach der Deichsel, doch auch sie wurde jetzt ins Wasser gezogen und schwamm wie der Schwanz einer riesigen Bisamratte hinterher. Und jetzt? Verzweifelt schaute Finja Dak an. Doch der lachte über das ganze verschwitzte Gesicht.

»Auf, Finja! Steig ein! Wir machen eine Bootsfahrt nach Zatran!«

16. Flug über Zatran

Es wurde eine wilde Fahrt. Denn der Fluss schwoll immer noch weiter an. Der Wagen schwankte hin und her, aber dank des schweren Gepäcks lag er tief im Wasser und kenterte nicht. Sie sausten das Tal der wandernden Flüsse entlang. Zwei Höhenzüge begrenzten es, die jetzt von links und rechts immer näher zusammenwuchsen. Die einzelnen Bäche flossen zusammen und sammelten sich alle in dem großen Strom, der den Wagen trug. Immer schneller wurde die Fahrt. Das Plätschern und Gluckern war zum Tosen geworden. Da ragte das Rote Tor vor ihnen auf.

Es war ein filigranes Gebilde, dass sich aus hängen gebliebenen Ästen und darin verklebtem Sand gebildet hatte. Alles Treibgut sammelte sich darin und schob das feine Netzwerk immer weiter in die Höhe. In der Mitte klaffte ein kreisrundes

Loch. Hierdurch schoss das gesammelte Wasser der wandernden Flüsse, stürzte in einem Wasserfall hinab in ein Becken, aus dem dann träge die Golvina floss.
Finja packte Dak am Arm, als sie sah, mit welcher Geschwindigkeit sie auf den Wasserfall zuschossen. Auch er starrte ängstlich auf die schäumenden Wassermassen. Finja suchte mit den Augen nach dem sichersten Platz im Wagen.
»Am besten gurten wir uns an!«, rief sie.
Dak nickte und griff sofort nach einem der ledernen Riemen. Auch Finja schnappte sich einen Gurt und schnallte ihn um den eigenen Bauch. Dann kettete sie sich an eine der Öffnungen, an denen zuvor die Plane des Wagens festgemacht worden war. Es war keine Sekunde zu früh. Denn jetzt hatten sie das Rote Tor erreicht. Wie von einer mächtigen Hand wurden ihr Boot emporgehoben und durch das Loch hindurchgeworfen, sie flogen zwischen Wassermassen hinab. Um sie herum glitzerten die Wassertropfen, es blubberte und gurgelte. Und Finja war sich überhaupt nicht mehr sicher, ob sie sich über oder unter Wasser befanden.
Sie schloss die Augen. Erst als das Getöse um sie herum abnahm, öffnete sie sie wieder. Sie sah die weite Ebene von Zatran vor sich liegen. Die Abendsonne beleuchtete die eigenartige Silhouette der Hauptstadt mit ihren zwei – nein, drei Hügeln.

Auf einem war der Webstuhl zu sehen, auf dem anderen glänzten die schneeweißen Türme des Traumstreicherklosters und aus dem dritten wuchs ein steinerner Drachenkopf.

Bald schon versanken die drei Hügel in der Dunkelheit. Die Sterne erstrahlten und Mormi setzte sich an ihren Webstuhl. Sie sah beeindruckend aus. Riesengroß, in fließende silberne Gewänder gehüllt, wiegte sie sanft vor und zurück. Finja musste daran denken, wie Dak ihr erklärt hatte, dass Mormi nachts deshalb so groß war, weil dann ihre Bedeutung für Aramsi sichtbar wurde. *Und die ist riesenhaft*, hatte er damals gesagt.
»Sie wird uns sehen!«, zischte Finja erschrocken.
Doch Dak winkte ab. »Wie sollte sie? Fluss und Straßen liegen völlig im Dunkeln, die Ebene vor der Stadt auch. Es ist unmöglich, dass uns irgendjemand sieht, es sei denn, er stünde neben uns.«
Finja sah zum Ufer. Viele Meter schwarzes Wasser trennten sie vom dornigen Gestrüpp der Ebene. »Wie kommen wir überhaupt an Land?«
Bisher hatten sie sich über das Manövrieren keine Gedanken gemacht. Der Strom hatte das Boot in die Mitte genommen und sanft dahingetrieben. Immer geradeaus, nach Zatran. Aber was, wenn sie in der großen Schleife angekommen waren, die die Golvina um Zatran zog? Dann mussten sie ihr Schiff ans Ufer lenken.

»Wir müssen die Deichsel als Ruder benutzen«, schlug Dak vor. Er nahm sie in die Hand und tatsächlich gelang es ihm auch, sie im Wasser zu dirigieren – nur hatte es kaum eine Wirkung auf die Bahn des Schiffes. Ein ganz klein bisschen trudelte es nach links. Finja bezweifelte, dass sie es bis ans Ufer schaffen würde.

»Hilf mir!«, rief Dak ihr zu. »Ich habe nicht genügend Kraft.«

Finja ergriff die Deichsel und lehnte sich dagegen. Langsam, ganz langsam glitt das Schiff aus der Hauptströmung in ruhigere Gewässer am Ufer.

Sie bogen in die große Schleife ein. Finja sah verschiedene Türme und Höhlen, graubläulich im Sternenlicht. Sie umrundeten die Stadt. Schattenhaft erkannte sie die unterschiedlichsten Dächer. Alles war ruhig. Zatran schlief schon. Wenn sie nur das Ufer erreichten, könnten sie sofort beginnen, den Drachen zu satteln.

Der Bogen führte wieder nach innen. Bald würde die Stadt hinter ihnen liegen. In Finja stieg Panik auf. Nicht so kurz vorm Ziel! Jetzt sollte nicht alles noch verloren gehen! Sie sah das Baumhaus von Daks Eltern sanft in der Weide am Fluss schaukeln. Und sie sah noch etwas . . . Finja kniff die Augen zusammen. Im Dämmerlicht war es so schwer zu erkennen. Eine schwankende graue Linie führte vom Baumhaus direkt ins Wasser.

»Dak, was ist das?«

Auch Dak starrte angestrengt das seltsame Band an. Dann begann er zu lachen. »Das ist unser Seil! Das Seil, an dem man ins Baumhaus klettert. Meine Mutter hat es heute Nacht nicht eingezogen, falls ich nach Hause komme!«

Er strahlte sie an. »Das Ende ist in die Golvina gefallen und die Strömung hat es in die Mitte des Flusses getrieben. Wir müssen es nur herausfischen und können uns ans Ufer ziehen!«

Finja beugte sich weit über den Wagenrand, während Dak sie festhielt. Sie erwischte das Seil und gemeinsam zogen sie daran. Der Wagen glitt zum Ufer. Finja atmete befreit auf. Sie wollte sich zu Dak umdrehen, da sah sie, wie das Baumhaus von Daks Eltern heftig zur Seite gezogen wurde und entsetzlich schwankte. »Sie werden aufwachen!«

Doch Dak schien das nicht zu beunruhigen. »Ja, das werden sie«, sagte er nur und zog weiter an dem Seil. Wieder wurde das Wahrheiterhaus zur Seite gerissen, wieder schwamm der Wagen dem Ufer entgegen. Als er im sandigen Ufer stecken blieb, kletterte auch Daks Vater schon zum Haus hinaus. Finja wurde ganz starr. Würde er sie im letzten Moment noch von ihrem Plan abhalten?

»Dak!«, rief er. »Finja! Wo kommt ihr her?«

Dak sah seinen Vater eindringlich an. »Ich erzähle es dir später«, sagte er dann. »Jetzt lass uns bitte allein.« Und dann geschah das Unglaubliche. Daks Vater nickte ihnen zu und kletterte wieder ins Baumhaus.

Finja traute ihren Augen nicht. Ihre eigenen Eltern . . . nein, niemals hätten sie . . . es war ganz unvorstellbar! Sie dachte an die laute Stimme ihrer Mutter, die in einer solchen Situation die ganze Stadt geweckt hätte, an den strengen Blick ihres Vaters, der erst einmal darauf bestanden hätte, alles haarklein zu erfahren.

»Wieso macht er das?«, fragte sie Dak

»Er spürt die Wahrheit in meinen Worten«, erklärte Dak. »Weißt du, das Hemd, mit dem man Lügen erkennen kann, das zeigt einem auch, ob man seinen Gefühlen und Vorstellungen trauen darf. So habe ich schon immer gefühlt, dass ich auf einem Feuerpferd reiten kann. Und als ich das Hemd noch trug, habe ich gewusst, dass mich mein Gefühl nicht trügt. Meinem Vater ging es jetzt ähnlich. Er hat gespürt, dass er uns trauen kann. Dass wir nichts Unredliches tun. Und er weiß, dass dieses Gefühl ihn nicht trügt.«

Finja sah mit offenem Mund zum Baumhaus hinauf. Ach, wenn ihre Eltern ihr so vertrauen würden! Wenn sie doch auch spürten, dass alles wahr war, was Finja erzählte!

»Los, wir haben keine Zeit zu verlieren!« Dak stieß sie in die Seite. Er hatte die Seilwinde geholt, mit der sie einst das Baumhaus in die Krone des Baumes gezogen hatten.

»Alles ist ruhig«, flüsterte er.

Gemeinsam trugen sie die Seilwinde aus dem Schatten des Baumes hinaus auf die Hauptstraße. Dak humpelte.

»Wie geht es deinem Fuß?«, fragte Finja besorgt.
»Geht schon«, wiegelte Dak ab.
Leise rannten sie durch die leere Straße zur Stadt hinaus. Sie legten die Seilwinde hinter den Vorderbeinen des Drachen auf den Boden. Dann schlichen sie zurück zum Ufer und stellten sich selbst in das Geschirr des Wagens.
Dak gab flüsternd das Kommando: »Hau ruck!«
Finja und Dak warfen sich nach vorne. Quietschend begannen sich die Räder zu drehen.
»Das ist ja viel zu laut!«, zischte Finja und blieb wieder stehen.
»Von vorne!«, befahl Dak. »Hau ruck!«
Wieder quietschten die Räder. Finja versuchte, nicht hinzuhören, sie zog weiter. Als der Wagen einmal rollte, endete das Quietschen. Kaum etwas war zu hören außer dem lauten Atem von Dak und Finja.
Vor den Klauen des Drachen stellten sie den Wagen ab. Finja schälte sich schwitzend aus ihrem Rucksack und lehnte ihn an den Drachenbauch. Dak schlang ein Seil unter dem Sattel hindurch und Finja kletterte mit dessen Ende auf den Rücken des Drachen. Sie arbeiteten schnell, konzentriert und schweigend. Oben angekommen,wickelte Finja das Seil um eine der gewaltigen rostroten Zacken und ließ es dann wieder zu Dak hinuntergleiten. Er führte es in die Seilwinde und begann zu kurbeln. Tatsächlich! Der Sattel bewegte sich! Millimeter für

Millimeter rutschte er an der steinernen Seite des Drachen hinauf!
Finja nahm ihn in Empfang. Doch wo auf dem Rücken sollte sie ihn platzieren? Eine steinerne rote Zacke nach der anderen ragte auf. Sie reichten bis an Finjas Schultern und ließen keinen Spalt für den Sattel.
Doch! Ganz oben, dort wo der Hals begann, endete die Zackenreihe. Hier lag in dünne Falten geworfen das hauchdünne grüne Halstuch. Es war nur aus der Nähe sichtbar. Finja betastete es. Auch das Tuch war zu Stein geworden. Wie Sirills Mantel.
Sie schleifte den Sattel nach vorne und legte ihn vor die erste Zacke auf das grüne Tuch. Bequem wird das nicht, dachte sie und besah sich die scharfe Kante der Zacke, die hinter ihrem Rücken aufragen würde. Aber sie verbot sich, Zeit mit solchen Sorgen zu verplempern.
Es dauerte quälend lange, die Gurte nach oben zu ziehen. Dak war mittlerweile zu Finja geklettert und half. Als jeder Gurt in die richtige Richtung fiel, mussten sie wieder nach unten, ihn unter der Brust entlangführen und an einem Seil befestigen, dann kletterte Finja mit dem Seilende wieder auf den Rücken, zog den Gurt hinauf und verschloss die dreizehn Schnallen.
Finja merkte schon bald, wie ihre Beine von der vielen Kletterei schwach und zittrig wurden. Dak schien es noch schlech-

ter zu gehen. Er humpelte immer stärker und bat schließlich, unten bleiben zu dürfen, während Finja mit jedem einzelnen Gurt nach oben kletterte. Sie nickte und machte sich wieder und wieder auf den Weg nach oben.

Da hörte sie ein helles Glöckchen läuten. »Malmize!«

Das Graupellamm nahm den Gurt ins Maul und sprang damit auf den Drachenrücken hinauf, während sich Finja langsam hinaufzog. So machten sie es nun mit allen Gurten. Malmize trug sie nach oben – Finja schnallte sie fest. Um sie herum begannen die aramsischen Vögel zu zwitschern. Es war ein so wunderschönes Konzert, dass Finja innehielt. Aber nur kurz – dann nahm sie das Halfter in Empfang und zog es über die steinernen Drachenohren. Jetzt musste nur noch Finja selber festgebunden werden. Sie setzte sich in den Sattel. Dak kletterte mit seinem bösen Fuß zu ihr herauf. Jedes Bein zurrte er mit zwanzig Gurten fest und schnallte sie zu. Die Riemen um den Bauch konnte sich Finja selbst umlegen. Dann sah sie auf. Am Ende des Tals kletterte der erste Sonnenstrahl über den Horizont.

»Bist du bereit?«, fragte Dak.

Finja nickte. Sie sah dem blau gefiederten Jungen nach, der nun in die Stadt humpelte, um Kati zu holen. Nie würde sie vergessen, wie sehr er ihr geholfen hatte. Ihr ganzes Leben lang nicht.

Als er kurz später Kati am Arm aus der Stadt hinausführte, erhob sich Mormi vom Webstuhl. Einen kurzen Moment lang stand sie wie eine Riesin auf dem Hügel der Zauberweberei und Finja war sich sicher, ihren Blick zu spüren. Doch im nächsten Moment war sie verschwunden. Sie musste ihre Taggestalt angenommen haben und war daher zwischen den Häusern der Stadt nicht mehr zu sehen. Ob sie ins Tal hinunterrennen würde, um sie aufzuhalten?
Finja schloss die Augen. Sie atmete tief durch und öffnete sie wieder. Es war egal. Mormi würde es nicht mehr schaffen, sie aufzuhalten, denn jetzt standen Dak und Kati vor dem Drachen. Dak nahm Katis Hand und legte sie auf die steinerne Haut des Drachen.

Als Erstes nahm Finja ein Zucken wahr, das durch den Drachenkörper lief. Im nächsten Moment spürte sie einen gewaltigen Stoß und wurde nach hinten geschleudert. Gegen die Zacke, die nun zum Glück nicht mehr aus Stein, sondern aus nachgiebigem Knorpel war. Der Drache bäumte sich auf. »Verdammt!«, schrie Finja. Tränen schossen ihr in die Augen. Sie war sich sicher, im nächsten Moment von seinem Rücken zu stürzen.
Doch da schnitten sich die Riemen scharf in ihre Beine – und hielten sie. Als Nächstes spürte sie, wie sich die Gürtel in ihren Bauch gruben. Sie wurde nach vorne geworfen. Dann zur

Seite, dann in die Höhe, nach vorne, rechts, links. Sie hatte überhaupt keine Kontrolle mehr über ihren Körper. Sie spürte nur einen Stoß nach dem anderen, spürte die Riemen, die an ihr rissen, sah Feuersäulen vor sich aufsteigen, spürte die Hitze und fürchtete kurz, die Flammen könnten sie erfassen.
Es hat nicht geklappt, dachte sie. Die Zügel hatte sie längst verloren. Sie ließ sich nur willenlos im Sattel hin und her schleudern. In einer Pause zwischen zwei Stößen griff sie nach dem Sattelknauf. Sie klammerte sich mit beiden Händen daran fest, beugte ihren Rücken und kauerte so flach wie möglich auf dem tobenden Drachen. So ging es besser.
Immerhin, sie saß noch! Verzweifelt klammerte sie sich fest.
Nach einer Weile wurden die Bewegungen des Drachens ruhiger. Finja wagte, ihren Kopf zu bewegen und an der Seite des Drachens hinunterzuschauen. Sie befanden sich in schwindelnder Höhe!
Ganz weit unten sah sie die Hügel von Zatran wie zwei Kokosmakronen liegen, sie sah die Golvina und sogar die Schwankenden Höhen.
Sie ritt! Sie ritt auf einem Drachen über Zatran! Wildes Glück durchflutete sie. Sie hatte es geschafft!
Sie richtete sich auf. Der Wind riss ihre Haare mit und ließ ihr T-Shirt flattern. Farmaralls Bewegungen waren gleichmäßig und geschmeidig geworden. Die ganze fantastische Welt Aramsis lag unter ihr, sie sah sogar die wandernden Flüsse

und das Gebirge der Steinernen Speere, das sie das letzte Mal überschritten hatte. Farmarall flog in diese Richtung, bald erkannte Finja die Steppe von Ratamola und den Düsterwald. Am Horizont sah sie rot leuchtende Punkte und ein Wasserfall, der aus dem Nichts stürzte. Was mochten das für Länder sein?

Finja griff nach den Zügeln. Sie dirigierte Farmarall nach rechts und er ließ es sich gefallen. Der Drache drehte ab und flog über das Tal des Wagaraflusses zurück. Finja stieß einen Jubelschrei aus. Wie als Antwort hörte sie ein Flüstern. Es war der Drache, der mit seiner gezähmten Stimme sprach. »Ich bin Farmarall«, flüsterte er. »Du bist meine Herrin. Du hast mich gezähmt. Meine Stimme ist leise geworden und mein Feuer kalt. Greif hinein und nimm dir eine Flamme. Sie wird dir bringen, was zu dir will.«

Er spie eine gewaltige Feuerzunge in die Luft. Sie war nicht heiß und orange, sondern eisblau. Das Bild der eisblauen Flammen kam Finja bekannt vor. Sie hatte das schon einmal gesehen: im Traum. Damals, als die alten, gezähmten Drachen das Jungtier umringten. Da hatten auch sie kaltes eisblaues Feuer in die Luft gespuckt.

17. Finjas Mitbringsel

Als Finja die Wohnung betrat, hatte ihre Mutter den Telefonhörer in der Hand. Sie sah nicht gut aus. Die rot geränderten Augen wirkten verquollen. Die Locken hingen schlaff herunter. Bestimmt hatte sie geweint.

»Du kommst spät«, sagte sie und ließ den Hörer sinken. »Ich wollte gerade bei Löbels anrufen.«

»Wieso? Wie viel Uhr ist es?«

Es war noch hell gewesen, als Finja und Kati in der Seidenwebergasse aus dem Mülltonnenverschlag gekrochen waren. Finjas hatte auf Nachmittag getippt. So viel Zeit konnte schließlich nicht vergangen sein. Beim letzten Mal war sie sechs Tage in Aramsi gewesen – und hatte in der Menschenwelt nur zwei Tage gefehlt. Dieses Mal waren es gerade vier Tage gewesen.

»Halb sieben«, antwortete ihre Mutter.

Finja starrte sie verblüfft an.
»Was hast denn du gedacht?«
»Hhhmm, so gegen vier«, sagte Finja und hörte nicht auf zu rechnen. Änderte sich das Verhältnis von Aramsizeit und Menschenweltzeit? Nächstes Mal musste sie unbedingt eine Uhr mitnehmen!
»Hast du Hunger? Soll ich uns Spiegeleier machen?«
Finja schüttelte den Kopf. Sie war noch satt von dem großen Freudenfest, dass sie gestern Abend in Zatran gefeiert hatten: gefüllte Ringeltrauben, geraspelte Proklawurzeln mit Meerschaum, Hundertfrüchtesuppe, Knorpbällchen, Wisperbirkenbrot – nur von dem getrockneten Graupelziegenfleisch hatte sie nichts genommen. Sie hatten bis tief in die Nacht gefeiert, am nächsten Morgen kräftig ausgeschlafen und sich dann noch an den Resten gütlich getan. Dass es darüber so spät geworden war . . .
»Ich hab schon bei Löbels gegessen«, murmelte sie.
»Du hast bei Löbels zu Abend gegessen und trotzdem gedacht, es sei vier Uhr nachmittags?« Entsetzen klang in der Stimme mit.
»Ach so . . .«, murmelte Finja.
Ihre Mutter riss sich zusammen und sagte so normal wie möglich. »Na ja, dann mache ich eben was für mich. Papa kommt ja auch jede Minute. Vielleicht kriegst du noch Hunger.« Sie stand auf und ging langsam in die Küche.

»Geht's dir nicht gut?«, rief Finja hinterher.

Finjas Mutter warf ihr einen langen, betrübten Blick zu. »Ich mache mir eben ein bisschen Sorgen.« Ihre Augen wurden etwas wässrig. »Du weißt ja jetzt nicht einmal mehr, ob es Abend oder Nachmittag ist!«

Das war es also! Ihre Mutter hielt sie wieder einmal für verrückt! Dumpf erinnerte sich Finja, dass sie ja eigentlich aufgebrochen war, um ein überzeugendes Beweisstück aus Aramsi mitzubringen. Das hatte sie jetzt natürlich vergessen. Oder?

»Schau mal«, Finja zog ihre Hand aus der Hosentasche und öffnete sie. Eine eisblaue Flamme züngelte empor.

»Um Gottes willen!«, rief ihre Mutter. »Was ist denn das?«

»Kaltes Drachenfeuer«, antwortete Finja.

Ihre Mutter schaute sie entsetzt an. Doch da sanken die Flammen schon in sich zusammen. Und jetzt schaute Finja mindestens genauso verblüfft auf ihre Handfläche wie ihre Mutter. Dort lag etwas. Etwas Silbriges, mit rosa-violett schimmernden Flügeln. Die Figur von Katis Haarspange. Oder besser gesagt, Sirill, das versteinerte Schmetterlingskind.

»Woher kommt denn das?«, schrie ihre Mutter auf.

»Kaltes Drachenfeuer bringt dir, was zu dir will«, murmelte Finja langsam. Es war gar nicht so sehr als Erklärung für ihre

Mutter gedacht. Sie selbst wollte begreifen, was geschehen war. Die versteinerte Sirill lag auf ihrer Handfläche. Die Figur, mit der sie ihren Onkel erlösen konnte. Finja schloss die Hand und hielt sie ganz fest. Sie spürte die steinharte Oberfläche und war glücklich. Sirill hatte zu ihr gewollt, denn auch Sirill sehnte sich danach, aus ihrer Versteinerung erlöst zu werden. Und Finja konnte das nun ganz einfach tun: indem sie ihren Onkel besuchte und ihn die Figur berühren ließ. »Das ist fantastisch!«, rief sie aus.

Ihre Mutter schaute immer noch zweifelnd.

»Ach komm, das ist irgendein billiger Scherzartikel!«

»Nein, bestimmt nicht!« Sie strahlte ihre Mutter an. Auch ihr würde sie jetzt alles beweisen können.

»Mach es noch mal!«

»Wirst du mir dann glauben?«

Finja sah in die Augen ihrer Mutter. Sie schillerten vor widerstreitenden Gefühlen. Finja merkte, dass ihre Mutter einerseits hoffte, dass das Drachenfeuer echt und Finja nicht verrückt war. Andererseits hatte sie Angst. Angst davor, dass es eine Welt wie Aramsi wirklich gab.

»Du musst keine Angst haben, Mama. Aramsi ist wunderschön und du kannst hinüberschauen, ohne einen Fuß dorthin zu setzen!«

Finjas Mutter nickte. Sie hatte Tränen in den Augen. »Jetzt mach schon«, sagte sie und ihre Stimme zitterte dabei.

Finja griff wieder in die Hosentasche, sie fühlte die kalte Flamme, griff zu, zog die Faust aus der Tasche und dann öffnete sie diese. Eine eisblaue Flamme schlug empor – und sank in sich zusammen.
Zack – Finja spürte einen schweren Schlag auf ihrer Handfläche. Sie konnte nicht tragen, was dort gelandet war. Ihre Hand knickte nach unten und das Ding plumpste mit einem dumpfen Schlag auf den Wohnzimmerboden. Es war ihr Rucksack.
»Das war kein Trick, oder?«
»Nein«, schluchzte die Mutter, »das war echt.« Sie nahm ihre Tochter in die Arme. Finja schloss die Augen und lehnte ihren Kopf an die Schulter ihrer Mutter. Sie spürte, dass ihre Mutter ihr von nun an vertrauen würde. Und sie wusste, dass ihr Gefühl sie nicht trog – auch ohne blaues Hemd.